●SNAPSHOT●
みーくん、おたふく風邪
Illustration / CJ Michalski

セシル文庫

ご機嫌斜めな旦那さん

―お隣の旦那さん8―

桑原伶依

イラストレーション／
CJ Michalski

ご機嫌斜めな旦那さん◆目次

ご機嫌斜めな旦那さん

1. すれ違いの夜

時を遡《さかのぼ》ること二年と四カ月。大沢明彦《おおさわあきひこ》は、今年幼稚園に入園した一人息子の光彦《みつひこ》と、のんびりゆったりお風呂に入って、気持ちよさげにため息をついていた。

（はぁ〜っ、今日も充実した一日だった……）

昨年秋に三十歳を迎《むか》えた明彦は、学生時代からアルバイトしていた室井貴章《むろいたかあき》建築設計事務所で働いている。肩書きは一級建築士。設計競技で多くの賞を獲得してきた経歴と、所長の引き立てによって、若い頃から仕事に恵《めぐ》まれ、多くの実績を築《きず》いてきた。ここ数年は所長を凌《しの》ぐ稼《かせ》ぎ頭《がしら》となっていて、顧客《こきゃく》はもちろん、同僚や部下からの信頼も厚い。

仕事だけでなく、家庭にも今は恵まれている。

今は、というのはもちろん、かつては違ったということだ。

明彦は十一歳の誕生日に、交通事故で両親を亡くした。

だから温かい家庭を持つのが夢で、建築士を目指したのも、家庭の象徴である『家』を自分の手で造《つく》りたかったからだ。

アルバイトで生活費を稼ぎながら、奨学金で大学に通い、独力《どくりょく》で夢を叶《かな》えて、念願《ねんがん》の建築士になった。

二十六歳で子宝《こだから》に恵まれ、俗《ぞく》に言う『できちゃった結婚』をして、憧れの『家庭』も手に入れた。

家族ができて嬉しかったが、現実は、理想とはあまりにもかけ離れている。温かい家庭どころか、退学しても女子大生気分が抜けない妻は、家事能力ゼロ。無事に出産を終えて実家から戻ってくると、すぐ育児ノイローゼになって、生後半年の息子を残して失踪《しっそう》してしまった。

途方に暮れる明彦を支え、力になってくれたのが現在の妻。

妻といっても彼――松村功一《まつむらこういち》は、大学入学を機に、アパートの隣室に引っ越してきた十八歳の男の子だ。

失踪した妻と違って家庭的な功一は、そばにいてくれるだけで癒《いや》される。

できることなら、功一と人生をやり直したい。

そう思っていた矢先、ひょっこり妻が戻ってきたので、明彦はここぞとばかりに離婚届を叩きつけた。

晴れて自由の身になった明彦だが、肝心《かんじん》の功一は、妻の帰宅にショックを受けて、実家に戻ってしまったらしい。

絶望した明彦を励《はげ》まし、勇気づけてくれたのは、功一の反対隣に住んでいた平井家の人たちだ。

明彦は一大決心の末、功一を追いかけ、功一の家族の前でプロポーズした。

不実はすまいと心に秘めた想いがついに実を結び、功一と暮らし始めて、今年の秋で三年になる。

明彦についてきた功一は、両親に勘当《かんどう》されたが、昨年の冬に母と、今年の春——功一の誕生日に父とも和解できた。

もう功一の境遇を負《お》い目に感じることもない。唯一の悩みが消えて、晴れ晴れとした気持ちで言える。最高に幸せだと。

「明彦さん。着替え、ここに置いておきます。今日は見たい映画がテレビ放映されるから、みーくんのこと、お任せしてもいいですか?」

浴室のドア越しに功一に声をかけられ、明彦は機嫌よく答えた。

「いいよ。たまには君も息抜きが必要だろう」

「ありがとうございます。じゃあ、お願いしますね」

礼を言わねばならないのは、明彦のほうだ。

二十一歳の男の子といえば、本来なら大学に通い、学業とおなじくらい、遊ぶことにも夢中になっている年頃なのに。

大学を辞《や》めた功一は、家事と育児に専念し、好きな映画を観《み》にいくことすらしていない。

きちんと整理整頓され、掃除が行き届いた家。

手の込んだ美味《おい》しい料理が並ぶ食卓。人も羨《うらや》む豪華な手作り弁当。

功一を慕《した》う光彦は、明るく素直ないい子に育っている。

こんなに幸せでいられるのは、すべて功一が真心こめて尽くしてくれるおかげだ。

功一がいてくれるだけで、明彦はどんなに疲れて帰宅しても、体も心もリフレッシュして、明日の活力を蓄《たくわ》えられる。

「さあ、光彦。あと十数えたら、風呂から上がるぞ」

「うんっ！」

少し言葉の発達が遅かった光彦も、幼稚園に通い始めてから、よくしゃべるようになった。舌足《た》らずな甘えた口調は相変わらずだが、そこがまた可愛くも思える。

明彦は、光彦と一緒に声を出して数を数え、風呂を出てバスローブを羽織《はお》り、光彦の体をバスタオルで拭《ふ》いてやった。

髪もタオルドライして、ドライヤーで丁寧《ていねい》に乾《かわ》かしてやる。

「よし、いいぞ。パジャマは自分で着られるか？」

「きられる！」

もっと小さかった頃は、思わず手伝ってやりたくなるほどモタモタと、難しそうに着替えていたものだ。

それが今は、ボタンを掛け違えることも、後ろ前や裏返しに着てしまうこともなく、スムーズに着替えられる。そこに子供の成長を感じて、明彦はとても嬉しく思う。

「上手に着替えられたな。いい子だ。先にリビングに行って待っていなさい」

「はーい！」

よい子のお返事をした光彦を見送り、明彦自身も身繕《みづくろ》いする。

今日は週末。もしかしたら、功一が夜の誘いを受けてくれるかもしれない。

いや、男の魅力に磨きをかけて、何がなんでもベッドに誘うのだ！

明彦としては、本当は毎晩誘いたいくらいだが――功一は今、自動車免許を取得するため、光彦が幼稚園に通っている間、教習所に通っている。

頑張っている功一に負担《ふたん》をかけたくない。その思いゆえに明彦は、大人の包容力《ほうようりょく》で理性の箍《たが》を引き締め、ここしばらく禁欲しているのだ。

そろそろ我慢も限界だが、功一がイヤと言えば、潔《いさぎよ》くやせ我慢するつもりではいる。

あり余ったエネルギーは、仕事にぶつければいい。

愛する人を幸せにするために、バリバリ働いて、ガッポリ稼いで、ドッシリ生活を支えてあげよう。それこそが男の生き甲斐《がい》。

努力して、努力して築き上げた地位と名誉と経済力が、今の幸せをより豊かなものにしている。頑張れば頑張っただけ報《むく》われるのだ。もっと頑張らなくてどうする！


身繕いを終えた明彦は、意気揚々《ようよう》とリビングに移動した。

功一は真剣にテレビを見ていて、明彦がいることに気づいていない。

声をかけようとした、そのとき。

功一がうっとり呟《つぶや》いた。

「カッコイイ……♡」

テレビ画面に映っているのは、悩ましい眼差しを投げかける、やたら美形のセレブな男。

こんな男のどこがいいんだ！

そう思う傍《かたわ》らで、負けたと思う自分がいる。

なぜなら、セレブな男は若かった。功一と同じくらいの年頃に見える。

一方明彦は、功一より十歳も年上だ。これだけ年齢差があれば、明らかに世代が違う。

しかも、天涯孤独《てんがいこどく》の苦学生だった明彦は、若い頃に遊んだ経験がないのだ。

若い功一が、彼の世代と感性が違う、サラリーマンのつき合いしか知らない自分といて退屈しないか――明彦はそれが心配で、不安のあまり自信喪失。

ついさっきまで盛り上っていた気分が、この瞬間、一気に萎《な》えてしまった。

◇
◆
◇

功一は、子供の頃から『物語』が好きだった。

漫画・小説など、ジャンルを問わず、本を読むのが大好きだ。

テレビドラマはもちろん、映画や演劇、ミュージカルを観るのもすごく好き。

絵を描くのも、お話を作るのも。歌を歌ったり、音楽を聴いたり弾《ひ》いたりするのも好き。

だから、『将来は幼稚園の先生になりたいな』なんて思っていた時期もある。

自分に創作活動でプロになる才能があるとは思えないけど、趣味を仕事に生かせたら、楽しい人生を送れるだろう。幼稚園の先生なら、それができそうだ。

自分には、子供相手の仕事が向いているとも思う。

なぜなら功一は子供が大好きで、子供と一緒に遊ぶのは楽しいし、世話を焼くのもまったく苦にならない。

だからこそ明彦に必要とされ、いつしかそれが愛に変わって、今では家族として一緒に暮らしているのだ。

子育てに専念するため、功一は専業主夫となって、明彦に養われている。

しかし、今年の春から光彦が幼稚園に通い始めたので、そろそろ子離れする準備がしたい。

できれば生き甲斐になるような仕事がしたいと思っているのだが——夢だった幼児教育も、すでに輝きを失くしてしまった。

明彦を心から愛している功一にとって、彼の一人息子である光彦は特別な子供。少なくとも、光彦が親離れする年齢まで、光彦だけを大切に育ててあげたい。だから子供と触れ合う仕事はすまいと思っている。

では、いったい何をすればいいのか。何がしたいのか判らない——それが現在の最大の悩みだ。

もちろん、仕事がしたい理由の一つに、『気兼ねなく自由に使えるお小遣《こづか》いを稼ぎたい』という気持ちもある。

明彦は「君の自由に使いなさい」と、毎月余るほど生活費をくれるが、『自由』は『無秩序』と同義語ではないのだ。明彦が稼いだ大切なお金を、自分が楽しむためだけに、好き勝手に使うわけにはいかない。

現在まったく収入のない功一が、気軽に楽しめる娯楽といえばテレビくらいだ。スイッチを入れるだけで、ドラマも映画も観られるし、流行《はや》りの音楽だって聴ける。

最近昼間は教習所に通っているから、ゆっくりテレビを見られるのは、一日の仕事を終えたあとだけだ。

今日は楽しみにしていた映画が放映されるから、光彦のことは明彦に任せ、テレビの前に張りついている。

始まった映画は、評判通り面白い。

夢中でテレビを見ていると、風呂から上がった光彦がリビングに戻ってきた。

「こーぃちくぅ～ん！」

甘えたい盛りの光彦は、功一を慕って駆け寄り、膝に乗って抱きついてくる。

「おかえり、みーくん。パパが戻って来るまで、一緒にテレビを見ていようね」

「うん！」

光彦は聞き分けがいい。『今は静かにしていて欲しいのだ』と敏感に感じ取り、こうして抱っこしていれば、おとなしく一緒にテレビを見ている。

しばらくして、画面がコマーシャルに切り替わった。

ルージュを塗った唇のアップが映し出されたあと、フェロモン系の美青年が、謎めいた眼差しを投げかけ、魅惑的な甘い声で囁く。

『その唇に、キスしたい……』

女性が抱く『白馬の王子様願望』を満たしている男だ。セクシーだけれど、ホストのような女性相手の商売をしている印象はなく、貴公子然とした物腰《ものごし》がエレガントで、気障《きざ》な台詞《せりふ》もハマっている。

「カッコイイ……♡」

初めて見る顔だが、まさかこれがデビューの新人ではあるまい。舞台専門の俳優か、おもに海外で活躍しているモデルだろうか？

ＣＭは、国内の有名高級化粧品メーカー【クロリス】が、『夏色ルージュ』と銘打《めいう》った新色口紅を売り出すためのものらしい。

「レディースコスメのＣＭに男性モデルを使うなんて、珍しいなぁ……。でも、すごくインパクトあったよ」

功一が独り言を呟くと、光彦が愛らしく小首を傾《かし》げて問いかける。

「いんぱくと？」

「心に残ったってこと。クロリスのＣＭに出てた人、すごくカッコよかったから」

「こーぃちくん、あのひとすき？」

「うん。憧れちゃう」

自分がクリエイターになることを諦めている功一は、プロとして活躍している芸能人や有名人に憧れる気持ちが強い。

もちろん美意識も強いので、美形というだけで憧れてしまう。

しかもハートは乙女だから、ステキな男性を見ると、嬉しくてドキドキするのだ。

（……でも、一番ステキなのは、みーくんのパパだよ）

なんて惚気《のろけ》を子供に言えるわけもなく、功一は心の中で呟きながらクスリと笑った。

映画がクライマックスを迎えた頃。おとなしく功一の膝の上に座っていた光彦は、うとうとと船を漕《こ》ぎ、夢の世界を彷徨《さまよ》っていた。

明彦はまだ、バスルームへ行ったまま戻ってこない。

もしかして——光彦をリビングへ送り出したあと、再び一人でのんびり風呂に浸《つ》かっているのだろうか？

などと思っていた功一だが、ふと気配を感じて振り返ると、明彦がそこにいた。

「光彦は、もう寝てしまったようだね。ベッドに連れて行くよ」

穏《おだ》やかな声でそう言って、明彦が光彦の体に手を伸ばす。

「んにゃ、ちゅめたぃ……」

光彦が薄く目を開け、ぐずるように呟きながら身を捩《よじ》った。

驚いて目を醒《さ》ましたのも無理はない。抱き取るときに一瞬触れた明彦の手は、湯上がりとは思えないほどヒヤリとしている。今まで何をしていたのだろう？

「よしよし。ごめんよ、光彦。ご本を読んであげるから、ベッドに入ろうな」

理由を尋ねる暇《ひま》もなく、明彦は光彦を連れて行ってしまった。

映画に気を取られている功一は、深く詮索《せんさく》するのをやめ、再び画面に集中する。

二重三重の大どんでん返しを繰り広げた物語は、ついに意外な結末を迎えようとしていた。

◇　◆　◇

光彦を抱いて子供部屋へ向かった明彦は、どうにか平静を装《よそお》っているが、内心ひどく打ちのめされて倒れそうになっている。

頭の中で響いているのは、うっとり呟く功一の声。

『カッコイイ……♡』

見たくなかった。聞きたくなかった。功一がほかの男に見惚《みほ》れているところなど――。

そこでふと、悩ましい眼差しを投げかけ、甘い声で『その唇に、キスしたい……』と囁く男の顔が脳裏をよぎる。

『クロリスのCMに出てた人、すごくカッコよかったから』

そうだろうとも。確かに若くて美形でキラキラしていた。あんな『白馬の王子様』的な華やかさは、明彦にはない。

『こーぃちくん、あのひとすき？』

『うん。憧れちゃう』

無邪気な光彦の「やめてくれ！」と叫びたくなるような問いかけに、嬉しげに答える功一の声まで頭の中でエコーして、グサリグサリと明彦の胸を突き刺す。

あと三カ月あまりで結婚生活三年目。『三年目の浮気』なんて歌もあるし。そろそろ新鮮味がなくなって、三十代の夫より、若い美形モデルのほうが魅力的だと思えるようになったんだろうか？

そんなはずない。功一に限って。

そうさ。相手はテレビの中の、違う世界にいる男じゃないか。観賞用の男と、実生活で惚れる男は違うんだ。

セレブには程遠いが、明彦には、自力で築いた地位も財産もある。

美形モデルと比べたら地味ではあるが、学生時代は商店街や同じアパートのおばちゃんたちのアイドルだった。この顔のおかげで、親はなくとも飢えずに済んだのだ。

今だって、まだ容姿《ようし》は衰《おとろ》えていないはず。どこにも贅肉《ぜいにく》はついていないし。むしろ歳《とし》を重ねた分だけ渋《しぶ》みを増して、いい味を出している。そう思いたい。

ここまで容姿にこだわってしまうのは、功一が面食《めんく》いだと気づいているからだ。

功一の幼馴染《おさななじ》みの元カレは、傲慢《ごうまん》で気位《きぐらい》が高そうな顔立ちだが、かなり目立つタイプの美形だった。

大学に入ってから、しばらくつき合っていた元カレも、インテリ優男《やさおとこ》ふうの美形だった。

顔で選んだわけではあるまいが、明彦が見た功一の元カレは、二人ともハンサムで、タイプは違えど、共通して裕福《ゆうふく》な家庭で育ったような印象がある。

つまり、ＣＭに出ていたセレブな美形の男が、功一の理想のタイプであることは間違いないのだ。

たとえテレビの中の男であっても、功一がうっとり見惚れているのを見て、平静でいられるほど明彦はクールじゃない。愛しているから嫉妬《しっと》するし、傷つきもする。

風呂から上がってリビングに戻るまでは、思わず笑ってしまうほど幸せだったのに――

今は心からの笑顔で、胸を張って功一と向き合えない。

だから目が合った瞬間、逃げるように光彦を抱き取って、子ども部屋へ向かったのだ。

明彦は毎晩、功一が風呂に入っている間に光彦を寝かしつけている。

昼間は功一に子供の世話を任せきりだが、仕事を終えて帰ってからは、できる限り子育てに参加したい。それが父親の務《つと》めだと思うから、仕事は持ち帰らない主義だ。

家にいるときは、ちゃんと家族と向き合うことが、家庭円満の秘訣《ひけつ》。

そう思うようになったのは、元妻が育児ノイローゼで失踪したからだ。

せめて光彦が幼《おさな》いうちは、寝つくまで添《そ》い寝して、本を読んだり、子守歌を歌ったりしてやりたい。そのために明彦は、やや小さめのジュニアベッドではなく、ベッドガードを取りつけた大人用のシングルベッドを光彦に買い与えた。

いつも一緒にベッドに入って、光彦が寝ついたところでこっそり抜け出している。

そこから先は大人の時間だ。功一とリビングで語らい、上手く誘えれば、自分の寝室に招《まね》いて愛し合う。

でも今夜は、そんな気分になれない。功一と顔を合わせたとき、自然に笑える自信もないし。もし今夜、夜の誘いを断られたら――確実にヘコむ。

というか、果《は》たしてその気になれるのか？

デリケートな男心に比例して、突き上げるようなあの衝動が、まったく湧《わ》いてこない。こんなことは初めてだ。いつもは功一の可愛い笑顔を思い浮かべるだけで、気分も衝動も盛り上ってくるというのに。

「こうして男は枯《か》れていくのか……？」

悩み多き父の様子に気づくことなく、光彦は再び夢の中を彷徨《さまよ》っている。

「……こーぃちくぅん♡」

幸せそうに笑いながらの寝言からして、功一に甘える夢を見ているようだ。

「お前が羨ましいよ」

幼い子供なら、余計なことは考えず、無邪気に、素直に甘えられる。

明彦が無邪気な子供でいられたのは、十一歳の誕生日までだった。

それから先は、精神《こころ》だけは一足飛《いっそくと》びに『大人になること』を求められた。

だからだろうか。明彦はふと、人肌の温《ぬく》もりが恋しくてたまらなくなるときがある。

「一人寝なんて淋しいから、いっそ今夜はここで寝るか」

光彦がいれば淋しくはない。こうして懐《ふところ》に抱いていると、功一の呟きに打ちのめされ、ささくれていた心が鎮まっていく。

小さな温もりに癒されて、明彦もいつしか夢の世界へ誘い込まれていた。

◇　◆　◇

映画が終わり、功一はテレビを切って立ち上がった。

「さて、俺もお風呂に入ってこよう」

今日は週末だから、久しぶりに明彦の寝室に誘われるかもしれない。

教習所に通い始めてから、明彦は功一を気遣って、平日はセクシャルな誘いを仕掛けてこなくなっている。

でもその分、週末はやる気が漲《みなぎ》っているのだ。平静を装っているつもりだろうが、パートナーとしてともに暮らして二年と九カ月。顔を見ただけでそれと判るくらいには、功一は明彦の性格を理解している。

もちろん、功一だって気持ちは同じだ。最近ちょっと疲れ気味なので、翌朝早起きして家事をすることを考えると、理性が『節制しろ』と囁《ささや》くけれど、本音《ほんね》は彼に愛されたい。その気があると匂《にお》わせれば、明彦は嬉々として功一を寝室に招き、腰が抜けるほど激しく愛してくれるだろう。

でも、今は激しいより優しく、宝物みたいに大事に扱われたいから、もったいぶって迷ってみせるほうがいい。

熱い夜を思い浮かべながら、功一は念入りに体の隅々まで磨き上げ、明彦に愛される準備を整えていく。

入浴を済ませてリビングに戻ると、そこに明彦はいなかった。いつもなら、ソファーに座ってワインを片手にテレビを見たり、建築関係の本や経済誌を読んだりしながら、功一を待っているのに。

「どうしたんだろう?」

明彦が抱き取ったとき、光彦が目を覚ましてぐずっていたから、まだ子供部屋で光彦をあやしているのだろうか。

そっと子供部屋のドアを開くと、やはり明彦はそこにいた。

しかし、予想は見事に外《はず》れている。

「あらら、一緒に眠っちゃったんだ……。明彦さんも疲れてるのかなぁ？」

そういえば、なんだか今日は様子が変だった。何かあったのかもしれない。

だったら相談してくれればいいのに。

泣きたいほどつらくて苦しいときも、トラブルに見舞われて困ったときも、明彦はしっかりと、温かい手で、たくましい胸で功一を支えてくれる。

だから功一も、できることなら、明彦の力になりたいと思っているのに——明彦は自分のこととなると、黙って一人で耐え忍《しの》び、すべて自力で解決しようとするのだ。

孤独な少年時代、歯を食《く》いしばって生きてきた男だから、今さら生き方を変えることはできないのかもしれないが。何も話してくれなかったら、ちょっと淋しい。

でも功一は、あまり泣き言を言わない明彦の強さを尊敬しているし、彼の前向きな姿を見せられる度、『ステキな人だ』と惚れ直してもいる。

明彦が何も言わないなら、それは『一人で頑張れる』ということだろう。

彼は愛する者を守るためなら、いくらでも強くなれる男だ。愛《いと》しい我が子を抱きしめていれば、それだけで力が湧いてくるのかもしれない。

だったら今は、このまま静かに眠らせてあげよう。

「おやすみなさい、明彦さん。いい夢を見てくださいね」

明彦の頬にキスしたい衝動を抑《おさ》え、功一は子供部屋をあとにした。

2．ジェラシーは恋のスパイス

今日は休日。だが、毎日同じ時間に目を覚《さ》ます光彦のため、功一は今日も早起きして食事の仕度をした。

もちろん、早起きしたのは、美味《おい》しいご飯で明彦を元気にしてあげたいがため。

時計を見ると、いつも光彦が自然に目覚める時間を過ぎている。

珍しいこともあるものだ。パパと一緒に寝ているから、ぐっすり眠れて目が覚めないのか。あるいは、かえって眠りが浅くなり、まだ寝たりないでいるのか――どちらだろう？

功一は子供部屋を訪れ、ベッドを覗いて、微笑《ほほえ》ましさについ笑ってしまった。

なぜなら明彦と光彦は、まるっきり同じポーズで眠っていたのだ。

「ほんっと、親子だよねぇ……」

思わずそう呟いて窓辺に移動し、カーテンを開けて朝陽《あさひ》を迎え入れる。

「明彦さん。みーくん。朝ですよ～♪」

歌うように二人に声をかけると、光彦が眠そうに目を開けて、のろのろと起き上がった。

隣で寝ている明彦は、まだ目を覚まさない。

実はこの男、たとえ起きていても、功一に構ってほしくて狸《たぬき》寝入りを決め込むことが多いのだ。

とはいえ、今日は自分のベッドで寝ているわけじゃないから、『おはようのキス』をねだってダダをこねたり、功一をベッドに引きずり込んだりしなかった。

そんなこと、光彦の前でされては困る。もし見たままをよそ様に言いふらされたら——このマンションに住めなくなってしまうではないか。

功一は少し離れたところから、もう一度声をかけた。

「明彦さん。みーくんはもう起きてくれましたよ。あなたも起きてくださいね。パパがお手本を示《しめ》してくれないと困ります」

明彦は「うん……」と答えて片手で目を覆い、指の隙間からチラと功一を盗み見ている。

やはり狸寝入りだ。この目は『起きぬけ』という気がしない。

極《きま》り悪そうな顔をしているのは、昨夜子供部屋で眠ったことを後ろめたく感じているからか？

リビングで待っていてくれると思ったのに——昨夜は肩透《す》かしを食らってガッカリしたのは確かだ。しかし明彦には明彦の都合がある。気にしてないから、そんな探るような目で見ないでほしい。

功一は明彦に明るくニッコリ笑いかけた。

「ぐずぐずしてたら、ご飯が冷めちゃいますよ。早く起きて、一緒に食べましょう」

光彦も、明彦を揺さぶりながら訴える。

「パパ〜！　おなかすいたー！　ごはんたべよぅよぉ〜！」

可愛い我が子の切ない声に負けた様子で、明彦がベッドから身を起こす。

「よし。ご飯食べよう！」

途端に満面の笑顔になった光彦が、元気よく明彦の手を引っ張ってダイニングへ連れていく。


朝ご飯を食べているうちに、明彦にも笑顔が戻ってきた。

今朝のメニューは、ほかほかご飯と、味噌汁と、卯《う》の花と、なめこと大根の酢の物と、たっぷり具を巻き込んだ出汁巻《だしま》き卵。ニラ入り、海老《えび》入り、牛肉そぼろ入りと、三種類の出汁巻き卵を作っている。

「美味しい！　やっぱり功一くんの卵焼きは最高だね。今日は弁当がいらない日なのに、三種類も作ってくれてありがとう」

感謝されて嬉しい気持ちと、元気になってくれてよかったと思う気持ちから、功一はふわりと微笑み、静かに頷《うなず》いた。

明彦も嬉しそうに微笑《ほほえ》み返す。功一の大好きな表情だ。


食事のあと、明彦は新聞を読み、光彦はテレビアニメを見ていた。

二人がのんびりしている間に、功一は食器を片付け、洗濯物を干《ほ》し、ついでに布団《ふとん》も干してしまう。

そうしている間にアニメが終わり、光彦はタロに会いに行くため、明彦を散歩に誘った。

笑顔で二人を送り出した功一は、続いて掃除に取りかかる。

真面目に家事をやっていると、仕事はいくらでもあるのだ。もうすぐ梅雨《つゆ》に入るから、休日に天気がいいと嬉しい。

晴れ晴れとした気分で掃除を済ませて、今度はお昼の仕度を始めた。

今日のお昼はお子様ランチ。山型に盛りつけたチャーハンに旗を立て、から揚げ、ミニハンバーグ、エビフライ、レタスを敷いたポテトサラダ、付け合わせのナポリタンを、次々とランチプレートに載せていく。

お約束のデザートプリンも、ちゃんとガラスの器《うつわ》に盛りつけて、生クリームとフルーツで飾った。

「う〜ん、今日もきれいにできた♪」

自画自賛するほど楽しめないと、ここまでやっていられない。

「ただいま〜！」

お昼までたっぷり遊んで、ごきげんで帰ってきた光彦の顔が、食卓を見てますます輝いた。

「おこさまランチだ〜！」

明彦の顔もニッコリしている。口には出さないが、お子様ランチのような、賑《にぎ》やかに飾り立てた子供受けする料理が結構好きらしい。もちろん一番好みに合うのは、『お袋の味』的な手作りの惣菜《そうざい》だが。

「こーぃちくんのおこさまランチ、レストランのよりおいしいよ！」

「そりゃ、新鮮な食材に、愛情をたっぷり詰め込んで作ってるもん」

「家でこんなランチを食べられるなんて、本当に幸せだな」

明彦も光彦も、功一の手料理を、本当に美味しそうに食べてくれる。

喜ぶ顔が見たいから、手を抜こうとは決して思わない。

お子様ランチと食後の紅茶で家族団欒《だんらん》を楽しんだあと、明彦は光彦とリビングで遊び始めた。パワフルでスタミナがある男なので、体力任せに体を使う遊びが多い。

光彦はパパに構ってもらえるのが嬉しいらしく、キャーキャー笑ってはしゃいでいる。

父と子の微笑ましい光景を横目で見ながら、功一は食器を洗って片付けた。もうそろそろ、見逃していた二時間ドラマの再放送が始まる時間だ。

功一はドラマを見ながら休憩するため、テレビの前の特等席に腰を下ろした。

テレビをつけると、昨夜見たクロリス『夏色ルージュ』のＣＭをやっている。

『その唇に、キスしたい……』

またもやときめいた功一は、心の中でこっそり呟く。

（こんな美形に誘うような眼差しで見つめられて、うっとりするほど甘い声で『キスしたい』なんて囁かれたら、やっぱドキッとしちゃうよねぇ……）

きっとこのルージュは売れるはず。功一が女性だったら、間違いなく買っている。

しかもクロリスは、『お値段もいいけど、品質もいい』と噂に聞く高級化粧品。

自分がきれいになったと実感すれば、女性はそれを愛用するものだ。

などと考えているうちにドラマが始まって、功一は画面に釘付けになっていた。自分の背後で、明彦がどんな顔をしているか知る由《よし》もなく――。

◇　◆　◇

明彦は局地的ブリザードに見舞われ、凍りついていた。

（やっぱり功一くんは、ああいう若くてきれいな男が好きなのか……）

昨夜のように、『カッコイイ……♡』なんてうっとり呟いたわけではないが、テレビをつけた瞬間の反応が、明らかに普段と違う。背を向けていても空気は読める。絶対に、間違いなく、うっとりと画面に見入っていた！

明彦は思わず我が身を見つめてため息をつく。

今日は休日だから、光彦と遊んでやるため、汚れてもいいラフな普段着を着ている。

体力勝負で組んず解《ほぐ》れつ遊んでいたから、だらしなく着崩れているし、髪も乱れているだろう。

これはどう見ても『カッコイイ……♡』なんて言ってもらえる格好じゃない。

ずーんと落ち込んでいると、光彦が心配そうに顔を覗き込んできた。

「パパー？」

「うん。ちょっと疲れたから、休憩しよう」

疲れたのは、体ではなく心だ。

落ち込んでいるのが判るのか、光彦は向かい合うように明彦の膝に座って、そっと明彦の頭に手を伸ばし、いい子いい子してくれる。

幼稚園児に慰められている自分がますます哀《かな》しくなった。

それでもどうにか浮上しようと足掻《あが》いているのに、こういうときに限って、元凶のＣＭが繰り返し流れて足を引っ張る。

明彦の気も知らないで、功一はテレビに夢中。振り向きもしない後ろ姿を眺《なが》めているうち、思い出したくないことまで、あれやこれやと思い出してしまった。

（功一くん。君は罪な男だ……）

功一の罪――それは男を惑《まど》わし、狂わせる色香《いろか》。これ見よがしの色気じゃなくて、清楚《せいそ》に匂い立つ、男殺しのフェロモンってヤツ？

それが証拠に元カレたちも、功一に未練《みれん》タラタラの状態で別れている。

同僚の松井《まつい》だって、一度自宅に招いてやったら、功一が男の子だと知りながら、『嫁にしたい』とほざきやがったのだ。もちろん、『二度と来るな！』とすごんで追い出した。

妻が可愛いのは嬉しいけれど、モテすぎるのは嬉しくない。ちっとも。

悪い虫がつかないか心配で、本音を言えば、教習所にも行かせたくなかった。

生き甲斐になる仕事がしたいって？

冗談じゃない！　そんな美味しそうな匂いをさせて働きに出たら、エロい上司にセクハラされて泣かされるぞ！　頼むから、僕の目が届かないところへ行くのはやめてくれ！

働かなくても、亭主の稼ぎで養《やしな》ってみせる。決して不自由などさせるものか！

などと叫びたい衝動がこみ上げてくるけれど、それを理性が押し留《とど》める。

首輪をつけてつなぎとめても、心が離れてしまったら意味がない。自分の行きたい場所へ行って、自《みず》ら望んで帰ってきてくれるほうがいいじゃないか。

それに考えてもみろ。可愛い妻を残して若死《わかじ》にする気はないが、もしうっかり死んでしまったら、どう責任を取るつもりだ？

路頭《ろとう》に迷わせないよう保険をかけ、『財産の半分は功一に遺贈《いぞう》する』と遺言書《ゆいごんしょ》を残すにしても、一生遊んで暮らせるほどの助けにはならないだろう。

暮らしに困って親を頼れば、肩身の狭い思いをするし。順番でいけば、親のほうが早く死ぬ。

若いうちに資格を取るなり、働いて経験を積むなりしておかないと、突然の不幸に見舞われたとき、功一が苦労するのは目に見えているではないか。

たとえ心配の種《たね》が増えようとも、愛する人には、いつも幸せそうに笑っていてほしい。

自分のエゴで我儘《わがまま》を言うなど言語道断。物分かりのいい優しい夫でいたいから、明彦は疑念や嫉妬の虫を抑《おさ》え、平常心でいられるよう自制しているのだ。

今だって、『別に浮気したわけじゃあるまいし。ほかの男にうっとりしたくらいで、いちいち目くじらを立ててどうする』と自分自身に言い聞かせ、必死で心を静めている。

それを光彦に気取られるほど、あからさまに動揺している自分が情《なさ》けない。

◇　◆　◇

テレビドラマを見ていた功一は、やがて気づいた。ＣＭに切り替わる度、背後から重々しいプレッシャーを感じることに。

（……なんだろう？）

振り返って何事か確認したい。

でも、見てはいけないような気もする。

何度か怪《あや》しい気配を感じているうちに、どういう状況で起きる現象か判ってしまった。

（これは……間違いなく、クロリスのＣＭが原因だ……）

クロリスのＣＭに切り替わると、必ず後ろのほうから、おどろおどろしい空気が漂《ただよ》ってくるのだ。

そういえば――昨夜も明彦の様子が変だった。

そこでふと、ある記憶が脳裏をよぎる。

風呂上がりの光彦とテレビを見ていたときだ。クロリス『夏色ルージュ』のＣＭが初めて流れ、美形モデルに見惚れた功一は、つい『カッコイイ……♡』と声に出して呟いてしまった。

『こーぃちくん、あのひとすき？』

光彦にそう聞かれて、『うん。憧れちゃう』と正直に答えてもいる。

まさかアレを聞かれたのでは……？

だとしたら納得。この不快《ふかい》なオーラはヤキモチだ。

明彦は意外と嫉妬深いから、気に病むのも無理はないが。功一がモデルを見てうっとりしたのは、花や宝石を見てうっとりするのと同じ。恋愛感情とは違う。

気まずい空気をどうにかしたいが、明彦が文句を言ったわけでもないのに、言い訳するのもおかしな話だ。むしろプライドを傷つけることになりかねない。

（どうしよう……）

困った功一は、気づかぬふりでドラマを見続け、やがて夕飯の仕度をするため、テレビを消してキッチンへ逃げた。

今日は手の込んだ料理を作って時間を稼ごう。そうすれば明彦も冷静になって、いつの間にか機嫌を直しているかもしれないし。光彦が喜びそうなご馳走《ちそう》をたくさん作ってあげたら、無邪気にはしゃいで、ダウンしている場の雰囲気を盛り上げてくれるはず。

功一の予想通り、夜の食卓では光彦が会話の中心となり、明彦もいつもと変わらぬ笑顔に戻って、このまま穏やかに時が過ぎていくものと思われた。

ところが。

食事を終えてテレビをつけたら、またもやクロリスのＣＭが流れたのだ。

それだけならまだよかったが、光彦が美形モデルを指差して、とんでもない爆弾発言をかましてくれた。

「あっ！　こーぃちくんのすきなひとだ！　きょうはいっぱいテレビにでてるね！」

その瞬間、明彦の顔が引き攣《つ》り、誰が見ても動揺が読み取れるほど、サーッと一気に蒼《あお》褪《ざ》めていく。

部屋の気温も、五度くらい下がったような気がする。

（うわぁ……、サイアク！）

功一も動揺した。というか、今すぐ時間を戻してほしい気分だ。

よりにもよって光彦は、明彦の前では絶対避けたい話題をふってくれた。

しかし、そんな事態を招《まね》いたのは、明らかに功一のミス。子供のお口にチャックはできない。しゃべられたくないことならば、決して口にしてはいけなかったのだ。

気まずいムードが流れたことを、光彦も察したようで戸惑っている。

このままじゃいけない。ちゃんとフォローしないと。

功一は光彦を抱っこして言ってやった。

「みーくんもパパに似てハンサムだから、大きくなったらあんなふうに、テレビに出る人になれるかもね～♪」

すると光彦はその気になってキャッキャと喜んだ。

しかし明彦は笑わなかった。独り言《ごと》を呟くように、ボソリと口にしただけ。

「……そりゃ、地味なサラリーマンより、華《はな》やかな芸能人のほうがカッコイイだろうね」

功一は『パパに似て、芸能人になれそうなくらいハンサム』と言ったつもりが、思いっきり裏目に出た。

「光彦。パパと一緒に風呂に入ろう」

明彦はむすっとしたまま、早々と光彦を誘ってバスルームへ行ってしまう。

まるで『君とは一緒にいたくない』と言わんばかりの態度に、功一は少なからずショックを受けた。

でもしょうがない。明彦がリビングを去ったのは、おそらく頭を冷やして落ち着くため。一時の感情に任せてケンカしたくないからだろう。

功一だって、こんなことでケンカなんかしたくない。

（仲直りっていうのもヘンだけど、やっぱりここは、俺が明彦さんに『大好き』ってアピールして、ご機嫌取らなきゃマズイよねぇ……）

冷静になれば、表面的にはいつもと変わらぬ二人に戻れるかもしれない。

でも、ちゃんと仲直りしておかないと、明彦はこの先も、ずっと割り切れない感情を抱き続けるのではなかろうか？

それでは功一も、明彦の顔色を窺《うかが》って気疲《きづか》れするだろう。

（甘えてエッチに持ち込めば、機嫌を直してくれるかなぁ？）

明彦の機嫌が悪いのは、功一を愛しすぎてヤキモチを焼いているからだ。はっきり愛情を示せば安心して、嫉妬の虫を笑い飛ばしてくれるはず。

（よしっ。今夜は俺から誘ってみよう！）

機嫌を直した明彦に愛されすぎて、体がつらくなったとしても、今の状態が続くよりずっといい。

何より明日は日曜日。足腰が立たなくなっても、ゆっくり休める。


明彦が光彦をつれてリビングに戻ってくると、功一は『あとでお話があります』とだけ伝えて、入れ替わりに入浴した。

いつもはのんびり長湯《ながゆ》するほうだが、今日はゆっくりしていられない。

明彦は約束を破る男じゃないから、ちゃんと待っていてくれるだろう。

しかし、昨夜のように、子供部屋で寝てしまう可能性だってある。

もしそうなったら、仲直りするタイミングを逸《いっ》してしまうではないか。それだけは絶対に避けなければ。


功一は慌しく入浴を終え、急いでリビングに戻った。

なのに明彦はいない。

子供部屋のドアを開けると、光彦に添い寝している姿が見えた。

功一に気づいた明彦は、口元で指を立てて『静かに』と合図《あいず》する。

手招きすると、そっとベッドから抜け出してきて小声で囁いた。

「今日は寝つきが悪くてね。ようやく眠ったところだよ」

子供は繊細《せんさい》だから、父親が不機嫌なのを感じ取って、なかなか眠れなかったのだろう。

でもそれを口にすれば、明彦を責めることになってしまうから言わない。

功一はただ、じっと彼を見つめて、違う言葉を口にする。

「俺も今夜は、なかなか眠れそうにありません」

「じゃあ、ナイトキャップに赤ワインでも飲むといいよ。香りを嗅《か》ぐだけでも、リラックスして気持ちよく眠れる」

「キッチンにあるデイリーワインじゃなくて、あなたの秘蔵ワインがいいな」

明彦はタバコもギャンブルも浮気もしないが、酒は結構好きなほうだ。深酒《ふかざけ》はしないもののの、いろんな国のいろんな酒を飲み比べて楽しんでいる。中でもワインが大好きで、寝室にあるホームバーのワインセラーには、とっておきのいいワインがコレクションされているのだ。

つまり功一は、『明彦の寝室に行きたい』と仄《ほの》めかしているわけだが、明彦は少し迷う素振《そぶ》りを見せた。

「いいよ。おいで」

穏やかな声で答えが帰ってきたけれど、一人で先に寝室のほうへ歩いていく。

普段なら功一の肩を抱いて、あるいは仲よく手をつないで行くのに——。

そう思うと少し淋しい気持ちになるが、拒《こば》まれなかったということは、歩み寄《よ》る意思はあるということ。

どうやって機嫌を直してもらおうか?

功一はあれこれ策《さく》を巡らせ、ドキドキしながら明彦のあとを追う。


寝室に功一を招いた明彦は、黙ってワインを開栓《かいせん》した。

赤ワインは開栓してからしばらく置いて、空気に触れさせると味わいが増す。

しかし、急ぐときはデキャンタージュという方法で酸化を促《うなが》し、眠っていたワインを目覚めさせることもできる。

本来しっかり熟成《じゅくせい》させたワインをデキャンタに移し替えるのは、澱《おり》を取り除《のぞ》くのが第一目的だが。グラスに注《そそ》ぐ前にデキャンタに移し、空気を含《ふく》ませてやることで、より華やかな香りとまろやかな味を引き出せるのだ。

味、色、香りなどの個性を際立《きわだ》たせるため、ワインの種類によって使うグラスの形や大きさも違う。赤ワインなら大きめの、やや口窄《すぼ》まりの縦に長いボルドーグラスで、グラスに注ぐワインの量は三分の一程度。

種類によって適温も違い、赤ワインなら十七度前後が飲み頃だ。

いつだったか功一にそう教えてくれた明彦は、優雅な身ごなしでデキャンタージュし、二つのグラスにワインを注ぐ。

「さあ、どうぞ」

勧められて、功一はワイングラスを手にした。

明彦の仕草を真似てグラスを揺らし、甘く芳醇《ほうじゅん》な香りを楽しみ、ワインを口に流し込む。

滅多《めった》にアルコールを飲まない功一だが、飲めないわけでも、嫌いなわけでもない。口当たりのいい甘口の酒を少しだけなら、ふわんと気持ちよくなれるから、むしろ好きだ。

「美味しい」

甘い香りとフルーティーな味わいにうっとりしながら呟くと、明彦が微《かす》かに微笑んだ。

「……それで？　話って何？」

不意を突かれて、功一は少しうろたえた。

この流れで、いきなり夜の誘いを口にするのは不自然だろう。甘いムードで手でも握って、それとなく、そういう方向に持って行きたかったのだが。

リアクションに困った挙げ句、功一はストレートに気持ちを伝えることにした。

「……別に改まってするような話じゃないんですけど。昨夜はあなた、俺が風呂から上がったときには、もうみーくんの部屋で眠ってたし。二人っきりで語らう時間がほしかったというか……」

そこでおずおずと上目遣《うわめづか》いで見つめると、明彦は困ったような顔をする。

「僕と二人っきりになりたかっただけ？」

「……だって明日もお休みだし……」

「功一くんは、僕と一緒にいて楽しいの？　僕は若い君とは感性が違うし、共通する趣味だってないだろう？　本当は退屈なんじゃ……」

明彦の言葉を遮《さえぎ》って、功一は少し怒ったように叫ぶ。

「楽しいに決まってます！　だって俺は、世界中の誰より一番、あなたが好きなんですよ！」

すると明彦は、信じたいような、信じられないような、複雑な顔で問う。

「僕は君より十歳も年上で、若い頃は親がいなくて貧乏だったから、仕事をするしか能がない地味なサラリーマンだ。それでも構わない？」

功一は、今度は優しい笑みを浮かべ、穏やかな声で答えた。

「あなたは俺より年上で、人生経験豊富《ほうふ》だから安心して頼れるし。親はいなくても、あなた自身の能力だけで、今はお金持ちになったじゃないですか。遊び好きの派手《はで》な人より、仕事ができる真面目で誠実な人のほうが、人生を共にするパートナーとして理想的だと、誰だって思うんじゃないですか？　少なくとも俺は、あなたが誰より一番ステキに見えます」

その言葉を聞いて、すっかり自信を取り戻した明彦は、晴れ晴れとした笑顔を浮かべて甘く囁く。

「僕にとっても、君は理想のパートナーだ。愛しているよ、功一くん」

明彦にぎゅっと抱きしめられて、功一は嬉しそうに微笑みながら頬を赤らめた。

「本当は昨日、あなたがリビングで待っててくれると、期待してたんですよ？　なのに、みーくんの部屋で一緒に寝ちゃってて――淋しかった……」

「…ごめん。悪かったよ。今夜こそ二人っきりで、ゆっくり愛を語り合おう」

「嬉しい」

功一が明彦の首に腕を回して抱きつくと、明彦も功一を抱き上げ、膝の上に座らせる体勢でベッドに腰掛ける。

「僕のほうこそ嬉しいよ。こんなに可愛い君に、こんなに慕《した》われて……」

明彦は甘い夜の声で囁いて、そっと功一の唇を啄《つい》ばむ。

見つめ合って、微笑み合って、功一も戯《たわむ》れるようなキスを返した。

さっきまで気まずかったのが嘘のよう。すれ違った心を再び寄り添わせるには、やはりスキンシップが一番だ。

次第にキスが深くなり、互いの体を抱き合う手が、昂ぶってきた想いを伝える愛撫へと変わっていく。

明彦は情熱的なキスと愛撫を繰り返しながら、切なげな声で囁いた。

「本当はずっとこうしたかった……。でも、今は君が大変なときだと判っているから、ずっと我慢していたんだ」

「俺だって、翌日に響くと困るから我慢してたけど、本当はずっと、あなたに愛してほしかった……」

そう返した功一を、明彦が喜び勇《いさ》んでベッドに押し倒す。

「そんな可愛いことを言われたら、手加減できなくなりそうだ」

「お手柔らかにお願いします」

「僕の愛で、すぐに『もっとして』って言わせてみせるさ」

明彦はクスリと笑ってそう言いながら、自分のパジャマを脱ぎ捨てて、功一のパジャマも脱がせてしまう。

生まれたままの姿にされた功一は、明彦の裸の胸に頬を寄せ、うっとりと目を閉じた。

愛する男の大きな手が、素肌をそっと愛撫する。

心地よさにため息が漏れ、それが次第に熱を帯《お》びていく。

明彦は功一のため息を吸い取りながら、なだらかな胸についている小さな突起を探り当て、円を描くように掌で優しく転がした。

「んんっ」

鼻にかかった功一の甘い声が、明彦をますます昂ぶらせる。功一の腹に当たっている彼の欲望は、雄々しく張り詰め、『君が欲しい』と言わんばかりに自己主張しているのだ。

もちろん、功一の欲望も同じように昂ぶって、愛される悦《よろこ》びに震えている。

明彦は功一の胸や腹に口づけながら、少しずつ体を下へずらしていく。

そして最後に功一の分身に口づけ、ためらうことなく口に含んだ。

口での愛撫にすっかり蕩《とろ》けて、功一はすぐに絶頂を迎えた。

欲望の雫《しずく》に濡れた唇が双丘の谷間を辿《たど》り、今度は秘《ひそ》かに息づく窪《くぼ》みにそっと口づける。

功一はそこを口で愛されると、強い羞恥《しゅうち》と快感を覚え、はしたなくも淫《みだ》らな気持ちになってしまう。

「ん…っ！」

吸いつくような温かい感触にゾクリとして、思わず身を震わせた。

舌先でそこをくすぐられ、体の力が抜けていく。

しっとりと濡れた柔らかい舌が谷間の窪みを押し開き、ねじ込むように潜《もぐ》りこんできた。

「あ……っ！」

噛み殺しても押さえられない嬌声《きょうせい》が、薄暗い部屋の静寂を掻き乱す。

「くふっ、ん……っ、ああ……っ！」

湿った音と自分の声に煽《あお》られて、功一はもう、どうしようもないほど感じている。

そこへさらに、明彦の指先がやんわりと揉み解《ほぐ》すように入口を刺激しながら、巧《たく》みに中へ押し入ってきたのだ。

「あう……んっ！　ああ……っ！」

功一の感じる場所を知り尽《つく》している指先は、適確にいいところを探し当て、これでもかと言わんばかりに責め立てる。

やがて指が二本に増えて、別々に動き始めた。

柔らかい粘膜《ねんまく》を押し開きながら、指がさらに増やされていく。

指で左右に広げた入口から、唾液《だえき》を舌で送り込まれて、淫らな音はますます大きくなるばかり。

それに伴って、功一の性感も高まり続ける。

もう限界だと、功一は涙混じりに訴えた。

「明彦さん！　もう……いいから、来てぇ……！」

すると明彦は、ゆっくりと身を起こして体勢を変え、功一の脚を広げて腰を高く抱え上げる。

そんなあられもないポーズを取らされても、功一には『恥ずかしい』などと思う余裕はすでにない。一刻も早く明彦の情熱で満たされたくて、なまめかしく身を捩《よじ》って明彦を誘う。

「可愛い……。君が可愛くてたまらないよ……」

明彦は心からの想いを口にして、功一の中に欲望を埋《うず》めていった。

「くぅ……っ！」

功一は快楽と背中合わせの苦痛に呻《うめ》き、明彦もまた、爆発しそうな衝動をこらえて、切なさに掠《かす》れた声で微かに呻く。

功一の中で熱く脈打つ明彦の欲望は、しばらく鳴りを潜めていたが、やがてゆっくりと小さな旋回《せんかい》運動を始めた。

そうしているうち、功一の内部は甘く蕩《とろ》け、熱い昂ぶりをもっと奥へと引き込むように蠢《うごめ》いて、心地よく明彦を締めつける。

「ああっ、いいよ、功一くん。君の中、すごく気持ちいい……」

セクシーな声に耳朶《じだ》をくすぐられ、功一は思わず感じて身を震わせた。その刺激で明彦の分身はますます勢いを増し、功一の中で歓喜《かんき》のあまり躍動《やくどう》する。

「君は？　指でするより、これのほうが気持ちいい？」

吐息のような囁きとともに、やんわり腰を突き上げられて、功一は何度も頷きながら明彦にすがりつく。

「いい……。もっと、もっとあなたを感じさせて……！」

「いくらでも感じさせてあげるよ。僕だってもう、我慢の限界だ！」

さっきまで控《ひか》え目に、緩《ゆる》やかに動いていた明彦の腰つきが、次第に大きく、激しくなっていく。

強弱をつけた巧みな動きは、次にどう責めてくるか予想もつかない。大きく、小さく、グラインドしながら小刻《こきざ》みに突き上げ、ギリギリまで引き抜いてから、奥深くまで抉《えぐ》るように突き上げてくる。

「ああんっ！　ひあ……っ、あああぁ……んっ！」

功一は快楽の波に溺れて、嬌声を上げ続けた。

「気持ちいい？」

問われて、半ば意識を飛ばしている様子でガクガクと頷く。

「もっと気持ちよくしてあげる」

ひどく感じる場所をこれでもかと擦《こす》り立てられ、功一はついに絶頂を迎えた。

うっと呻いて動きを止めた明彦が、甘い笑みを浮かべて言う。

「危ない、危ない。もう少しで達《い》かされるところだった。君のここは、本当に名器だね」

功一が頬を赤らめ戸惑っていると、明彦はそれを見てクスリと含み笑い、再び淫らに腰を使い始めた。

巧みな動きで内壁を擦られているうちに、功一の欲望も再び萌《きざ》し、本人同様涙を浮かべて快感に震えている。

一度絶頂に達した性感は研《と》ぎ澄まされ、さっきよりもっと敏感に感じてしまう。

「ひあんっ、ダメ……そんな……激しくされたら、またイッちゃう！」

「イッてもいいよ。君は前で達《い》けなくても、後ろだけで何度でも達けるだろう？」

明彦の指摘通り、功一はもともと後ろだけでも感じていたが、強すぎる明彦の性欲につき合わされているうちに、射精《しゃせい》を伴《ともな》わない快楽をも得られるようになった。

欲望を解放するより深く、激しい快感を、功一は忘れられない。もし翌朝の鈍《にぶ》い腰の痛みがなかったら、何度でも抱かれたがるほど病《や》みつきになっていただろう。

「あぁんっ、あっ、あっ、あああ……！」

波のように寄せては返す明彦の動きに翻弄《ほんろう》されて、功一はひたすら喘《あえ》ぎ続けた。

「愛しているよ、功一くん！」

耳元で聞こえる囁きが心に響いて、体がますます昂ぶってくる。

「明彦さん！　俺も……！　俺も、あなたを、愛してます！」

すでにろれつが回らなくなってきている功一だが、それでも必死で言葉を返すと、明彦がうっとりと微笑みながら呟いた。

「可愛い……」

それを聞いて、功一は濡れた瞳を瞬かせ、静かに微笑んだ。

「……っ！　本当に……可愛すぎて、どうしてやろうかと思うよ」

明彦は絞り出すような声でそう漏らし、また功一を激しく責め立てる。

「アッ、アッ、アッ、アアアァァ……ッ！」

功一はついに三度目の絶頂を迎えた。今度は明彦も、心地いい内壁の蠕動《ぜんどう》に耐えられず、功一の中に熱い欲望を迸《ほとばし》らせる。

「もっとじっくり楽しませてあげるつもりだったのに……君もなかなかやるね」

「……そんなこと……」

「あるよ。ほら。君がそうやって、もっと搾《しぼ》り取ろうとするみたいに締めつけてくれるから、もうこんなになってしまった……」

明彦の分身が勢いを失くしたのは、しばらくの間だけ。すぐにまた欲望を漲《みなぎ》らせ、功一の中で暴れ始めた。

明彦が放った雫で濡れそぼっている功一の中は、より滑らかに明彦を受け止め、しっとりと絡みついて離さない。

「本当に君は、最高だよ……」

愛と欲望に理性の箍《たが》を外《はず》された明彦は、執拗《しつよう》に功一を責め続けた。

何度も絶頂まで追い込まれた功一は、すでに快楽の雫を吐き出す力もなくなっている。

そしてついに、違う種類の官能に飲み込まれ、深く、深く溺れてしまう。

全身がガクガクと震え、目の前が真っ白になって、激しすぎる快感だけが、空《から》っぽの思考を埋め尽くす。

絶頂の波は繰り返し襲いかかってきて、決して終わることはない。

ついに快楽中枢がキャパシティを超《こ》え、功一はいつしか意識を手放していた。

3. 話題のCM

日曜日の朝、功一は昼過ぎまで爆睡《ばくすい》していた。

目覚めたときには自分のベッドの中にいたから、明彦は朝が来る前に、功一を部屋まで運んでくれたのだろう。

体は拭《ふ》いてあるようだが、シャワーを浴《あ》びてサッパリしないと落ち着かない。

起き上がろうとしたけれど、泥のように体が重くて、起き上がれなかった。

「ううっ、こうなると判ってたから、夜は控《ひか》え目にしてたのに……」

控え目どころか、昨夜は気を失うほど何度もイカされ続けている。

疲れ果てた体とは裏腹に、気持ちはとてもスッキリして、満足している自分に気づいて呆《あき》れてしまう。理性は『節制《せっせい》したい』と望んでいたが、もっと深いところに潜《ひそ》む願望は、激しく愛されたがっていたらしい。

ふと、功一の脳裏を不埒《ふらち》な想いがよぎっていく。

（たまにはヤキモチを焼かれて、あんなふうに求められるのも悪くないかも……）

嫉妬《しっと》は愛を深めるスパイスになる。

光彦が小さかった頃は、功一が光彦ばかり構うと拗《す》ねては、夜ごと激しく責められることが少なくなかった。

でも今はすっかり落ち着いて、理解ある優しい旦那さんになっている。

それが嬉しくもあり、もどかしくもあるなんて――我ながら勝手なものだ。


激しく愛し合った翌朝は、功一が家事をしなくていいように、明彦が光彦を散歩がてら外へ連れ出し、ご飯を食べさせてくれる。

今はちょうど昼時だから、光彦と出かけているかもしれない。

部屋の外の様子を窺《うかが》うと、しんと静まり返っている。誰もいないようだ。

今のうちにと、功一はヨレヨレの体に鞭打って、バスルームへ移動する。

念入りに体を洗って身形《みなり》を整え、リビングで少し横になって休んでいると、明彦が光彦を連れて帰ってきた。

「ただいま、功一くん。もう起きて大丈夫なのかい？」

明彦に続いて、光彦も心配そうに、ソファーに寝そべっている功一の顔を覗き込む。

「こーぃちくん、ぐあいわるいの、なおった？」

功一はやせ我慢して笑って頷き、光彦を安心させてやった。

「お土産《みやげ》にサンドイッチを買ってきたんだ。今食べられる？」

明彦が買ってきたのは、功一が好きな有名店の、豪華な食材をふんだんに使ったサンドイッチだ。

「いただきます。紅茶でも淹《い》れて——」

立ち上がりかけた功一は、「うっ」と呻《うめ》いて撃沈《げきちん》した。

「ティーバッグの紅茶でよければ、僕が淹れてあげる。今日の晩ご飯は寿司《すし》でも取ろう。風呂の仕度も僕がやるから、君はゆっくり休んでいなさい」

至《いた》れり尽《つ》くせり世話を焼かれると、愛されていると実感できて嬉しい。

「じゃあ、そうさせてもらいます。今日はのんびりテレビでも見ようかな。みーくん、リモコン取って」

功一の役に立てるのが嬉しいと言わんばかりの輝く笑顔で、光彦が「はいっ」とリモコンを手渡す。

テレビをつけると、ちょうど番組がＣＭに切り替わり、本日一発目のクロリス『夏色ルージュ』のＣＭが流れる。

一瞬部屋の空気が凍りついたが、明彦がニッコリ笑って沈黙を破った。

「さあ、紅茶が入ったよ、功一くん」

昨夜功一と愛し合って、嫉妬の虫は治《おさ》まったのか——今日はまったく、美形CMモデルなど気にしていないように見える。

光彦は、一瞬『父の機嫌が悪くなったらどうしよう』と心配したようだが、機嫌よさげな笑顔にホッとしている様子。

功一もホッとした。

(明彦さんは大人だもん。いつまでもくだらないことで拗ねたりしないよね)

久々に激しく求められて嬉しかったし。むしろ少しくらい妬《や》かれるくらいが刺激になっていいのかも——なんて思えるのも、無事仲直りできたからだ。ヤキモチで済まなかった場合を想像すると恐ろしい。

もう二度と、迂闊《うかつ》なことは口にすまいと心に誓う功一だった。

◇　◆　◇

『その唇に、キスしたい……』

あの男の声を聞いただけで、明彦の腸《はらわた》は煮えくり返る。

光彦と街を歩いていると、今日はあちこちでクロリスのポスターを見かけた。その度に嫌な気分を味わって、昨夜の功一の言葉を思い出していたのだ。

『あなたが誰より一番ステキに見えます』

それはまるで、魔法の呪文のようだった。

功一に愛されている自信が甦《よみがえ》り、明彦の心を少しだけ寛容《かんよう》にする。

明彦は、功一がほかの男に『カッコイイ……♡』などとうっとり見惚れてしまったことは、もう水に流して忘れると決めた。

しかし、地球のコアまで届きそうなほど嫉妬深いので、あの男までは許せない。

本音を言えば、二度とあの顔を見たくないのだ。できればチャンネルを変えたいが、功一の前で、そんな子供じみた真似はできない。

思わず引き攣《つ》りかけた顔の筋肉を、理性が『いかん！』と引き戻した。

スマイル。笑え、明彦。心の狭い男だと思われたくないだろう？

「さあ、紅茶が入ったよ、功一くん」

ニッコリ笑うと、ニッコリ笑顔が返ってきた。

「美味しいかい？　ここのサンドイッチ、好きだろう？」

「ええ。どうして判ったんですか？」

「食べているときの君の顔を見ていれば判るよ。本当に美味しそうに食べるから……僕まで食欲をそそられる」

明彦は『君に』という一言を心の中で付け加え、さわやかに微笑んだ。

「今日の僕は君の従僕《フットマン》だ。望みがあれば言ってくれ。マッサージでも、入浴介助でも、なんでもしてあげるよ」

「みーくも、おてつだいしてあげるよ！」

真似したがりな可愛い息子のその言葉に、明彦は一瞬フリーズしたが。

「優しいなぁ、光彦は～。功一くんが大好きなんだもんなぁ～」

ニッコリ笑顔で褒《ほ》めちぎり、わしわしと頭を撫でてやる。

◇　◆　◇

日曜日はゆっくり休めた。

寝る前に明彦が丁寧にマッサージしてくれたから、体の強張《こわば》りも取れ、激しすぎた夜のダメージは、ほぼ回復している。

月曜日、功一はいつも通り早起きして、愛情たっぷりの弁当を作った。

朝食も手の込んだものを用意して、光彦が目を覚ます前に明彦を起こしに行く。

「おはようございます、明彦さん。そろそろ起きてくださいね」

優しく揺り起こすと、明彦は一瞬薄く目を開けて、判りやすい狸寝入りを決め込んでいる。『おはようのキス』を催促《さいそく》しているのだ。

(眠り姫ですか、あなたは……)

もうすぐ三年目を迎えるのに、明彦はいつまでも新婚気分が抜けない。

功一はため息混じりに呟《つぶや》いて身を屈め、そっと彼の唇にキスをした。

すると明彦がぱっちり目を開け、功一の腰に腕を回して抱き寄せる。

「おはよう、功一くん」

それだけならまだいいが、怪《あや》しい手つきで功一の尻まで撫で回していたりして——。

「あんっ！」

功一はうっかり感じて、朝の一幕に相応《ふさわ》しくない声を上げてしまった。

「もうっ！　朝っぱらから、ヘンなことしないでください！」

功一が文句を言うと、明彦はしれっと言い返す。

「変なことはしてないよ。『もう大丈夫かな？』って、心配してさすってあげただけだ」

嘘をつけ。明らかに性感を煽《あお》る触り方をしたではないか。

今だって、マッサージと言い張るには淫《みだ》らすぎる触り方で、功一の尻を嬉しそうに揉み揉みしている。

「昨夜は気持ちいいって言っていたじゃないか。ここも少し硬くなってるね。つらそうだから、僕が優しく揉み解《ほぐ》してあげよう」

股間が硬くなったのは、明彦のせいだ。これ以上いろいろされたら、もっと困ったことになってしまう。

「結構です!」

「結構な揉み心地だろう?」

「押し売りみたいな揚げ足取りはやめてくれます? 早く起きて、会社に行く仕度をしてください。あなたと違って、みーくんは寝起きがいいから、いつもきっちりご飯時に目を覚ますんですよ」

新婚時代は明彦の思惑通りに流されていたが、今では功一も、しつこく『おいた』する手をピシャリと叩く強さは持っている。

「ほら、いつまでも子供みたいにダダをこねないで、起きてくださいね」

「判りました。奥さんの言うことには逆らいません」

朝のスキンシップで気が済んだのか、明彦は素直に起きて仕度を始めた。

◇　◆　◇

功一のキスでごきげんな朝を迎えた明彦は、少し音程《おんてい》が外《はず》れた鼻歌混じりに、身だしなみを整《ととの》えた。

リビングで新聞を読んでいると、時間ピッタリに子供部屋から出てきた光彦が、明彦のところへ来て朝の挨拶をする。

「パパ、おはようございます」

ニッコリ笑ってペコリと頭を下げた光彦に、明彦も笑顔で「おはよう」と返す。

光彦は次に功一のところへ行って、同じようにお行儀よく挨拶している。

朝起きたら一番に父親、次に功一に挨拶するのは、功一がそう躾《しつ》けたからだ。

挨拶だけでなく、功一は光彦が物心《ものごころ》ついたころから、少しずつ、いろんなことを教えてくれた。

してはいけないこと。したら人に喜ばれること。食事のマナー。外から帰ったときの手洗い、うがいの習慣、日常の生活態度など。年齢に応じて少しずつハードルを上げ、功一が率先《そっせん》して手本を見せながら、根気《こんき》よく何度でも言い聞かせて。上手にできなくても決して叱《しか》らず、ちゃんとできたらオーバーなくらい褒めて、光彦をとても素直ないい子に育ててくれたのだ。

光彦を産んだ母親は、掃除どころか、片付け一つしなかった。食《く》い散らかしたゴミを捨てることすら面倒臭がり、服を床に脱ぎ散らかし、洗濯物が乾いても室内に干しっ放し。彼女が家にいるだけで、あっという間に汚部屋《おべや》になる。

一方光彦は、ゴミはちゃんとゴミ箱に捨てるし、玩具を散らかすこともない。靴やスリッパも揃《そろ》えて脱ぐ。おまけに洗面所を使ったら、自分が濡らしたところを拭いているのだ。これにはさすがに驚いたが――実の母親に似なくて、本当によかった。

我が子というだけで可愛いものだが、光彦はどこへ行っても必ず褒められる自慢の息子だ。親の欲目を割り引いても、可愛い子だと思う。性格だけでなく、子供の頃の自分によく似た顔も――。

物思いに耽《ふけ》っていたから、新聞記事などすでに読んではいなかったが。顔を隠しておくために、明彦はずっと読んでいるふりを続けていた。

「ご飯ですよ～！」

功一に呼ばれてハッと我に返り、新聞をたたんで立ち上がる。

本日の朝食メニューは、ほかほかご飯、熱い味噌汁、焼き魚、きのことこんにゃくと鶏肉とニンジンのきんぴら、ほうれん草の胡麻和《ごまあ》えなど。

漬物《つけもの》や佃煮《つくだに》以外に、三品も手作りのおかずが並ぶ朝の食卓を目にする度、明彦はこの上なく幸せな気分になる。

見た目がきれいで、いい匂いがして、口当たりがよく、味も絶品。こんな食事を朝昼晩、毎日食べられるなんて、本当にありがたい。

男は胃袋から惚れるというけれど、明彦が功一に惚れたのも、まさにそのパターン。

光彦が決まった時間に起きてくるのも、絶対に、朝ご飯が楽しみだからに違いない。

美味しいご飯でエネルギーをチャージして、明彦は愛する功一と可愛い息子に見送られて家を出た。

そのときは意気揚々《ようよう》としていたのだが――。

駅貼《ば》りポスターで、通勤電車の中吊《なかづ》り広告で、あの男の顔を見る度に、条件反射で不機嫌になってしまう。

会社に行けば、スタッフやアルバイトの女性たちが、クロリスのＣＭや夏色ルージュの噂話で盛り上がっていて、いい加減うんざりだ。

功一がCMモデルにうっとりして、『カッコイイ……♡』などと呟くのを聞かなければ、まったく気にならなかったことだけど。

むしろ世間話のネタにしようと、積極的に耳を傾《かたむ》けていたかもしれないけれど。

今となっては、逆恨《さかうら》みにも似た男の嫉妬がメラメラと燃え上がるので、見ざる言わざる聞かざるを貫《つらぬ》くしかない。

そんな明彦の機嫌の悪さを感じ取った同僚の松井が、人の悪い笑みを浮かべて、明彦の耳元でこっそり囁く。

「お前、今日はどうしてそんなに不機嫌なんだ？　もしかして愛《いと》しの功一くんが、クロリスのCMを見て、『明彦さんよりステキ』とでも言ったのか？」

明彦さんより——とは言わなかったが、概《おおむ》ね当たっている。

だが、それを認めるのはプライドが許さない。

こんな嫌な思いをさせられるくらいなら、松井なんかに同情するんじゃなかった。

松井は以前、手ひどく女に騙《だま》され捨てられている。哀《あわ》れに思って自宅に招いて食事をもてなしてやったのに。今度はあっさり功一に鞍替《くらが》えし、功一が明彦の伴侶《はんりょ》と知るや、逆恨みして嫌がらせするようになったのだ。

明彦は後悔のあまり歯噛みしながら、思わず叫んでしまう。

「そんなこと、言うわけないだろう！」

あまりの剣幕《けんまく》に、社内にいた者すべてが注目し、明彦は我《われ》に返って深～く落ち込んだ。

ムキになるのは図星な証拠。松井も、からかい半分で口にした言葉が、かなりいい線で的を射ていたことに気づいたらしい。

「お気の毒に。そりゃ、いくらお前でも、あのモデルには勝てるまい。美形だもんな～」

悔《くや》しいが、何も言い返せなかった。

早くクロリス『夏色ルージュ』のＣＭキャンペーン期間が終わってくれたらいいのに。

このままじゃ、ストレスのあまり体を壊してしまうかも……。

◇　◆　◇

明彦を会社へ送り出した功一は、いつもの時間に光彦を連れて幼稚園へ向かった。

通園路を歩いていると、交差点でアリサちゃん母子《おやこ》と鉢合わせして、光彦とともに笑顔で挨拶する。

「おはようございます」

「あら、みーくん。功一くん。おはよう」

アリサちゃんママは品よく笑って挨拶してくれたが、アリサちゃんはつまらなそうに一瞥《いちべつ》し、気のない声で挨拶しただけ。

いつもは光彦を見ると笑顔で駆け寄り、気を引こうとあれこれ話しかけてくるのに。今日はやけに静かだ。どうしたんだろう？

しばらく一緒に歩いていると、交差点でちづるちゃん母子とユミちゃん母子、四人とバッタリ鉢合わせた。

「みーくぅ～ん！　おはよー！」

ちづるちゃんとユミちゃんは、いつものように笑顔全開で駆け寄ってきて、光彦を両脇から囲むようにして歩き出す。

「アリサちゃんは、今日は仲間に入らないの？」

功一が尋ねると、アリサちゃんはフッと鼻先で笑い飛ばした。

「アリサのおうじさまは、みーくんじゃなかったのよ」

多くを語らないアリサちゃんに代わって、アリサちゃんママが説明してくれる。

「アリサ、今はクロリスのＣＭに出ている美形モデルに夢中なの」

それを聞いたちづるちゃんママとユミちゃんママが、うっとりしながら口を挟んだ。

「ああっ、あのCMね？　見た見た！　ステキよねぇ……」

「あんな美形に、『その唇に、キスしたい……』なんて囁かれたら、たまらないわよねぇ。思わず衝動買いしちゃった。ほら」

ユミちゃんママが嬉しそうに指差した唇には、クロリスの夏色ルージュが塗られていた。

「唇が瑞々《みずみず》しく潤《うるお》って、キラキラした透明感があってステキでしょ？」

ちづるちゃんママは、羨《うらや》ましそうにユミちゃんママの唇を見て言う。

「ほんと、いかにも『夏色』って感じ。きれいねぇ……」

「しかも色落ちしにくいの！　クロリスは高いから、まだ一度も使ったことなかったけど、まさかこんなにいいとは思わなかった！」

「私も今日買いに行こう。楽しみ～！」

その横で、アリサちゃんママが得意げに呟いた。

「私は前からクロリスよ。夏のコスメもセットで揃えて使っているわ」

そういえば……アリサちゃんママの唇も、色は違うが、夏色ルージュ独特の、キラキラ潤《うるお》う透明感がある。

よくよく周囲を見回すと、今日はそれっぽい唇がやけに多いかも……。

幼稚園で子供たちと別れ、ママさんたちはお茶会に。功一は送迎バスに乗って教習所へ向かった。

今日はなんとなく、女性の唇が気になって観察してしまう。

バスの中にも、教習所にも、『もしかして夏色ルージュ?』みたいな唇の女性が結構いた。

(……やっぱ美形モデルの影響力は絶大だ)

絶対売れると思っていたが、果《は》たしてこの週末だけで、いったい何人の女性が購入したのだろう?

教習を終えて自宅に戻る途中、スーパーへ立ち寄った功一は、見覚えのある後姿を見かけて呼び止めた。

「平井《ひらい》さん」

振り向いた平井さんの唇も、おそらく夏色ルージュだ。

(……美形大好きの平井さんが、買わないワケないか)

平井さんは、功一が大学入学を機に引っ越してきたアパートの、明彦とは反対隣の隣人だった。若くて可愛い功一と、ハンサムな明彦がお気に入りで、困っていたとき、いろいろ助けてくれたのだ。功一と明彦たちが家族になって、明彦が設計したマンションに引っ越してからも、家族ぐるみで付き合いが続いている。

功一は苦笑交《ま》じりに平井さんに確認した。

「それって、夏色ルージュでしょ？」

「あら、判る？」

「ええ。週末に何度もCMを見ましたし。今日は幼稚園でも、教習所でも、これ使ってる人が多かったから……」

平井さんは夢見る乙女のように、うっとりしながら言う。

「あのCMモデル、ステキよねぇ……。セクシーでクラクラしちゃう。一目惚れして、すぐクロリスのお店に夏色ルージュを買いに行ったの。キャンペーンが終わり次第、販促《はんそく》ポスターをもらう約束してきちゃったわ」

さすがだ。美形好きと自称するだけあって、のめりこみ方が並みじゃない。

「駅のポスターはすぐ盗まれて、貼《は》り直すのが大変みたいよ。啓介《けいすけ》が言ってたの」

啓介は平井さんの夫の連れ子だ。二人は血の繋がった実の母子に負けないくらい、強い絆《きずな》で結ばれている。

「啓介くんは、受験勉強頑張ってます？」

「まあ、それなりに頑張ってるみたいよ。『うちは裕福じゃないから、授業料が高いところはダメ』とか、『自宅から通えないなら、大沢《おおさわ》くんみたいに、アルバイトして自活しなさい』とか言っておいたから」

軽《かろ》やかな笑顔を見ていると、暢気《のんき》な啓介にやる気を出させる方便《ほうべん》のような気もするが。

功一はそれを聞いて、自分が恥ずかしくなった。

三年前の春——功一は元カレから逃げるため、急に進路を変更し、大学入学を理由に故郷を遠く離れたのだ。生活は親の仕送りに頼りきり。自分の我儘で余計な金を使わせておいて、たった半年で退学してしまった。これで怒らない親がいるものか。

甘えていたのだ。もう二度と親不孝はしたくない。

そう思えるようになったのは、大沢親子や平井家との交流が、自分を省《かえり》みるきっかけになったから。

彼らと出会えてよかった。功一は心からそう思っている。

「もし解らないところがあったら、俺でよければ聞きに来てって、啓介くんに伝えてください」

「ありがとう。功一くんも早く免許を取れるよう、頑張ってね」

「もちろん！　できるだけ早く合格できるよう頑張ります！　補習を受けたら、それだけお金がかかりますからね」

明彦は、功一が教習所に通うと決めた翌日に、ポンと五十万円渡してくれている。よほど手こずらない限り、余るくらいの金額だが。功一としては、使わずに済むなら、なるべく使わずに卒業したいのだ。


買い物を済ませた功一は、いったん自宅に戻ってから、幼稚園に光彦を迎えに行った。朝は『クロリスの王子様』に夢中だったアリサちゃんだが——今は光彦を取り合う輪の中に戻っている。

「アリサちゃんのおうじさま、みーくんじゃなかったんでしょ！」

ほかの女の子たちに指摘されても、怯《ひる》むようなアリサちゃんではなかった。

「みーくんはようちえんでの、アリサのナイトなの！　ナイトはひとりのレディーにいのちをささげるものよ！」

などとマセたことを主張して譲《ゆず》らない。

「みーくんはだれがすき？」

女の子たちにそう聞かれた光彦は、ちょっぴり困っていたようだが、功一の姿を見つけて満面の笑顔になった。

「こーぃちくんが、いちばんすき!」

女の子たちはガッカリしたが、功一にならば負けてもしょうがないと諦めているようだ。

光彦と手をつないで幼稚園から帰った功一は、手作りのオヤツで光彦を喜ばせた。

夕方雨が降らなければ、柴犬のタロに会いたい光彦に付き合って、毎日決まった時間に公園へ行く。

帰ってきたら、今度は夕飯の仕度だ。

料理していると、光彦がうっとり顔で尋ねてくる。

「きょうのごはん、なぁに?」

「みーくんの好きな茶碗蒸しと、じゃがいものそぼろ煮と、揚《あ》げカレイの野菜あんかけと、キュウリなます。お吸い物もあるよ~♪」

子供の好物といえば、ハンバーグ、カレー、オムライス、パスタなどが定番だが、光彦は和食も大好きだ。明彦もそうだが、基本的に功一が作るものなら、なんでも喜んで食べてくれる。

父子そっくりの美味しい顔を思い浮かべながら、功一は心を込めて腕を揮《ふる》った。

◇　◆　◇

嫌だ嫌だと思っていると、どうしてこんなに疲れるのだろう？

早く功一と光彦の笑顔で癒《いや》されたい。

明彦は仕事を早めに切り上げて帰ることにした。

電車の中でも若い女性が、クロリスのＣＭや製品の噂話をしていて、不愉快なことこの上ない。

あんまり気分が悪かったから、『いつもより早く帰る』と電話し忘れていた。

インターホンを鳴らすと功一が出て、すぐに鍵を開けてくれる。

「お帰りなさい。今日は早かったんですね。ご飯もうちょっとでできるんですけど……」

「いいよ。着替えてくる」

寝室に移動した明彦は、クローゼットの鏡に映った自分を見てげんなりした。

「……なんて顔してるんだ、明彦。『疲れた』って書いてあるみたいだぞ」

こんな顔でいつもより早く帰宅したら、『仕事で何かあったのかな？』とか、『体調が悪いのかな？』なんて心配されそうだ。

鏡に向かってにっこり笑顔を浮かべてみる。

「よし。これなら大丈夫」

若い頃はつらいときでも笑顔で心を隠していた。他人に同情されても、決して救われるわけじゃない。可哀相だと憐《あわ》れまれて、卑屈《ひくつ》な気持ちになるだけだ。

つらいとき、苦しいときこそ笑顔でいろ。形だけでも笑っていれば、明るい気持ちや笑顔が返ってきて、そのうち自分も心から笑えるようになる。それが、明彦が二十年かけて身につけた人生哲学。

明彦はリビングに戻り、テレビを見ていた光彦の横に腰掛けた。

「おかえりなさい、パパ」

「ただいま、光彦」

笑って頭を撫でてやると、光彦は明彦の腕に甘えて寄りかかってくる。

「パパのお膝の上に座るか？」

「うん」

光彦は向かい合う形で、明彦の膝に座り直した。

何か言いたいことがあるようで、でも、言おうか言うまいか——あるいは、伝える言葉を探して迷っている。

しばらく考え、ようやく口を開いた。

「ねー、パパ。みーくは、おーじさまよりナイトってかんじする？」

「誰かにそう言われたのか？」

光彦の問いに質問で返すと、コックンと頷いて答える。

「アリサちゃん」

「アリサちゃん？　たんぽぽ組のアリサちゃんか？」

またまたコックン。

「アリサちゃんがね、『クロリスのおーじさまが、アリサのおーじさまだから、みーくはナイトにしてあげる』ってゆーの」

それを聞いて、明彦の心の中は荒れ狂《くる》う。

（なにーっ!?　クロリスの王子様だと？　あの小娘、いつもうちの光彦にベタベタまつわりついていたくせに、ＣＭモデルより光彦を格下扱いするのか!?　許せん！）

美貌を鼻にかけた小生意気な幼女も腹立たしいが、美形モデルに対する明彦の反感は、我が子可愛さにますます募《つの》る。

光彦はしょんぼりと肩を落とし、見るからにショックを受けている様子。

もしかして……アリサちゃんに好かれていることを、満更《まんざら》でもなく思っていたのか？

だとしたら、光彦にはなんの落ち度もないというのに、急に態度を変えられて、さぞ悲しかろう――と思ったが、どうやら違うらしい。

「ナイトはね、ずっとひとりのレディーだけを、いのちがけであいするんだって。でも、みーく、ちづるちゃんも、ユミちゃんも、ひとみちゃんも、めぐみちゃんも、マイちゃんも、あやちゃんも、のえちゃんも、みんなすき。アリサちゃんに『みーくはアリサちゃんのナイトになれない。ごめんね』ってゆったほーがいい？」

（言ってやれ！　ガツーンと言ってやれ！）

明彦は心の中でそう叫びながら、静かに微笑んだ。

「光彦は、たんぽぽ組の女の子、みんな同じくらい好きなんだね？　だったら、ナイトより王子様のほうが向いているだろう。王子様は『仲よくして』って言われたら、みんなと仲良くするものだけど、ナイトは一番大好きなレディーを自分が選ぶんだ。レディーに選ばれてなるものじゃない。だからこそ、命がけで愛せるのさ。アリサちゃんは、そこを少し勘違いしているみたいだね。誰と仲良くするかは、光彦が決めることだ。嫌なら断ればいい。無理してアリサちゃんの我儘に付き合うことはないよ」

なるほど、とばかりに頷いた光彦は、父親をキラキラ輝く尊敬の眼差しで見上げた。

（……可愛いっ！）

明彦にとって、たとえるなら光彦は守るべきプリンス。功一はただ一人忠誠を誓ったレディーだ。

自分は王子様という器《うつわ》じゃないし。王子様になんかなれなくていい。『みんなの王子様』になるより、『命を賭けて愛する人を守るナイト』でいるほうが、ずっと幸せだと思う。

そういう意味では光彦も、みんなにチヤホヤされるだけの『王子様』ではなく、愛する人を守って生きる『ナイト』になってほしい。

アリサちゃんのハートを射止《いと》めた『クロリスの王子様』は、たった十五秒か三十秒のCMで、今夜も多くの女性を虜《とりこ》にしているのだろう。

テレビ番組の合間に流れるクロリスのCMを見て、明彦は思わず呟いていた。

「確かに『クロリスの王子様』は美形だけど、ちょっときれい過ぎる気もするなぁ。もしかして、CG《シージー》で修正してるんじゃないのか？」

すると光彦が、きょとんとした顔で小首を傾げて問い返す。

「しーじぃー？」

「ああ。コンピュータでテレビ映像やポスター画像を、実物よりきれいに見えるように加エしている——つまり、クロリスの王子様は、夏色ルージュを売るために作られた、テレビやポスターの中にしか存在しない『理想の王子様』かもしれないってことさ」

一瞬抱いた疑惑を口にすると、本当にそんな気がしてきた。

だとしたら、あの男に嫉妬するなんてバカげている。滑稽《こっけい》すぎて笑うしかない。

さすがに声を出すのはこらえていたが、明彦は実際に笑ってしまった。

功一が「ご飯ですよー！」と呼んでいる。

すっかり機嫌を直した明彦は、光彦を連れてダイニングへ移動した。

今日のメニューは茶碗蒸し、じゃがいものそぼろ煮、揚げカレイの野菜あんかけ、キュウリなます、菊花豆腐《きっかどうふ》の吸い物――明彦の好物ばかりだ。

「晩酌《ばんしゃく》はビールにしますか？　日本酒がいいですか？　それとも焼酎《しょうちゅう》にしますか？」

「そうだね。日本酒にしよう」

なんだか気分がよくなったから、今夜は功一の酌《しゃく》で、美味《うま》い日本酒が飲みたい。

◇

◆

◇

帰宅したとき明彦は、ひどく疲れた顔をしていた。

もしかして何かあったんだろうか？

心配だったが、タイミング悪く調理中で、慌しくて聞けなかった。

光彦が寝たあとで、何があったか聞いてみよう。

そう思いながら料理をしていた功一だったが、夕飯時には、明彦はすっかり元気になっていた。

ご飯もお酒も美味しそうにもりもり平《たい》らげていく。

（？？？？？？）

あんなに憔悴《しょうすい》して見えたのは、光の加減《かげん》か何かだろうか？

腑《ふ》に落ちないが、まあいい。明彦は笑顔のポーカーフェイスで本音を隠すことがあるけれど、この笑顔は、おそらく本物だ。

功一は考えるのをやめ、食事に集中した。


一日が終って、功一は疲れを取るため、のんびり長風呂を楽しんだ。

風呂から上がると、明彦がリビングで経済誌を読んでいる。

「明彦さん」

呼びかけると、ふわりと笑って顔を上げた。

「功一くん。一日の疲れは取れたかい？」

「おかげさまで。あなたも疲れは取れましたか？　帰ってきたとき、顔色が悪かったように見えましたけど……」

「ああ。大丈夫。今日は早く仕事が終わって、まだ間に合いそうだったから、急いで電車に乗ったんだ。そうしたら、乗り合わせた車両が悪くて、人酔いしてしまった。近くにいた女性たちの、化粧品の匂いにでも当てられたんだろう」

なるほど。それで家に帰って休んでいるうちに、元気になったのか。

功一も以前、きつすぎる香水の匂いに当てられたことがある。あれは確かにつらい。

「よかった。心配したんですよ。何かあったのかな……って……」

心からそう言うと、明彦は静かに微笑んだ。

「何もないよ。いつもと変わらない。少しくらい具合が悪くたって、君がいる場所に帰ってきたら、僕はそれだけで元気になれる」

そんなふうに言われたら、嬉しくなってしまう。

「俺もあなたのそばが一番安心できます。こうしてあなたと一緒に暮らせて、すごく幸せです」

できることなら、今すぐ明彦の手を握りたい。もっとそばに行って、力強く抱きしめられたい。

でも、そうしたらブレーキが利《き》かなくなってしまうかも。

だから功一は、明彦の隣には座らず、テーブルを挟んだ向かい側に腰を下ろした。

そうした功一の気持ちを、明彦はちゃんと汲《く》み取ってくれている。

寝る前のひとときを、二人は向かい合わせで語《かた》らいながら過ごした。

4．狭路《きょうろ》の通行・S字コース事件

独り自分の部屋で眠る平日の夜が明け、再び朝がやってくる。

目覚ましの音で飛び起きた功一は、いつも通り朝の仕度を整え、明彦を会社へ送り出す。続いて光彦を幼稚園に連れて行き、教習所行きのバスに乗った。

今日は《狭路の通行・S字コースの教習》だ。

功一の担当教官は保坂《ほさか》という、顔も声も優しそうな中年紳士《しんし》。

でも今日は保坂教官が休みで、代わりに河合《かわい》という若い教官に当たってしまった。

河合はまず、功一の顔と名前を見比べ、「えっ⁉」とばかりに驚いて問《と》う。

「松村功一さん？　ホントに……？」

功一は、オーバーな驚き方に困惑しつつも肯定した。すると、河合は格好つけた気障《きざ》な笑いを浮かべて、さらにムッとするようなことを言ったのだ。

「いやあ……あんまり可愛いから、てっきり女性だと思って、配車を間違えてるんじゃないかと……」

親か姉か恋人に『可愛い』と言われるなら嬉しいが、赤の他人に、女性と見間違えた言い訳として口にされても不愉快なだけ。

しかも功一は、子供の頃『女の子みたい』とさんざん苛《いじ》められたから、この手の言葉がトラウマになっている。

それでも愛想笑いで受け流し、真剣に教習を受けていたが——河合は教習中、やたらベタベタ触ってくるのだ。なんだか、セクハラされているような気がしてしようがない。

河合の態度や口ぶりからして、どうやら『自分はモテ系だ』と思いこんでいる様子。もしかすると、女性相手の教習では、いつもこの調子なのかも。

そう思って気にしないようにしていたのに、次第にそれがエスカレートし、教習中に手を握って、功一を口説《くど》き始めた。

「いい加減にしてくださいッ！　俺は……ッ、ここに教習に来ているのであって、ナンパされに来てるんじゃありませんッ！　第一あなた、全ッ然、俺の好《この》みじゃありませんよッ！　自分じゃイケメンだと思ってるのかもしれないけど、ちゃんと鏡を見て認識したほうがいいんじゃないですか!?　鏡じゃなくて、あなたの目が曇ってるならどうしようもありませんけどッ！」

怒った功一は一気にそう捲《まく》し立て、バックミラーを河合に向け、教習中の車を乗り捨てて、コースの真ん中を横切っていく。

もう一分一秒たりと、河合と一緒にいたくなかった。どんなに注目を集めていようが、人目を気にする余裕もないほど苛立《いらだ》っている。

普段は温和《おんわ》な功一だが、教習を受ける緊張感と、セクハラされた嫌悪感の相乗《そうじよう》効果で、臨界点を超《こ》えるほど気が昂《たか》ぶっていたのだろう。

腹の中にたまっている嫌なものを、全部吐き出してスッキリしたい。

けれど、明彦にこんな内容の愚痴《ぐち》をこぼせば、功一が戸惑うくらい怒り狂うに違いないし。平井さんに言えば、申し訳なくなるくらい心配させてしまいそうだ。

でも大らかな啓介なら、笑い飛ばして、功一を宥《なだ》めてくれるに違いない。

啓介に話を聞いてほしくて携帯にメールすると、『帰りに寄るよ』と返信が来た。

功一は光彦を幼稚園にお迎えに行き、自宅に戻って啓介の訪《おとず》れを待つ。

約束通り、啓介は学校帰りに立ち寄ってくれた。

功一は啓介が好きなオヤツでもてなし、いつもの時間に、光彦を連れて三人で公園へ向かう。

公園では、今日も金成《かねなり》老人が、柴犬のタロを連れて散歩している。

「おじーちゃーん！　タロー！」

光彦は老人と犬を呼びとめ、嬉しそうに駈け寄っていく。

「おお、みーくん。今日も元気だのぅ」

「うんっ！　みーく、げんき！　おじーちゃんもげんき？」

「みーくんの顔を見ると、元気百倍じゃ。なあ、タロ？」

まるで老人の声に応えるように、タロも「ワン！」と一声鳴いた。

タロと戯《たわむ》れる光彦を微笑ましく眺《なが》めながら、功一は啓介を少し離れた場所に誘い、教習中に起きた出来事を包み隠さず打ち明ける。

すると啓介は、『意外！』と言わんばかりに、目と口を皿のようにおっ広げた。

「すげー……。案外やるじゃん、コーイチ。明日には『教官とケンカして、教習車を乗り捨てて帰った男』とかって、伝説になってるかもな」

「だって悪いのは向こうだよ」

「そりゃそうだ。人妻をナンパしちゃダメだよな」

「……っていうか、節操《せっそう》なさすぎ！　ノーマルならノーマルらしく、ターゲットだけをナンパしてりゃいいのに」

河合の何が功一の逆鱗《げきりん》に触れたのか、啓介は気づいているのか、苦笑しながら言う。

「……っつーか、そいつもともとバイなんじゃねーの？　好みのタイプが幅広くて、手当たり次第……ってカンジなんだよ」

「なんでそんな教官雇《やと》ってるんだろ」

「そりゃ、教えるのが上手いからじゃねーの？」

　そうなのかな？

　言われてみると確かに——教習所だって商売だから、見境なくナンパするだけの男を雇うはずがない。お手本として見せてくれたハンドル捌《さば》きは鮮《あざ》やかだったし。セクハラさえなかったら、教え方は解りやすかった……かも。

　功一はそれなりに納得し、ようやく気が済んだ。

「今日話したこと、明彦さんには絶対言っちゃダメだよ」

　話を切り上げるとき、啓介に釘を刺すと、「なんで？」と不思議そうな顔をする。

「大騒ぎされちゃうからに決まってるじゃない。この間も、クロリスのＣＭを見て、つい『カッコイイ……♡』なんて呟いたのを聞かれて、ご機嫌斜めで大変だったんだから」

　啓介は一瞬言葉を失くし、そして思いっきりウケた。

「笑い事じゃないよ」

　功一が文句を言うと、啓介は笑いすぎて苦しそうな顔をしながら、まだ笑っている。

「ワリィ。でもまあ……ヤキモチなんて、愛されてる証拠じゃん。一見オトナに見えるのに、案外カワイイ男だよな、オーサワって」

「ヤキモチ焼いたのは、ちょっとの間だけだってば。俺より四歳も年下の啓介くんに、『カワイイ男』なんて笑われたら、明彦さんの立つ瀬がないでしょ」

そこで光彦が駆け寄ってきた。

「こーぃちくん、ケーシュケくん、なんでわらってるのー？」

功一は言葉に詰《つ》まり、啓介が代わりに大ボラを吹く。

「ヒミツ。でも、ミーにはトクベツに教えてあげよう。コーイチ、S字コースの教習で、フツーはありえねー失敗をやらかして、もう一度やり直しさせられるんだって」

光彦は『ありえねー失敗』に興味を持って、何があったのかしつこく聞いてくる。

（啓介くんめ～！）

こんな言い方をされては、真実を黙っていても、違う意味でピンチになりかねない。

啓介は宥め役には最適だが、おふざけが過ぎるところは困ってしまう。

相も変わらず、世間ではクロリスのＣＭモデルに関する話題で持ちきりだ。

しかし、今日の明彦は心に余裕がある。ポスターなどを目にしても、煩《うるさ》いくらい噂話を聞かされても、さほど気にならない。

松井が嫌がらせに来たときだけは、さすがにムッとしてしまったが。それ以外は、平穏《へいおん》な一日だったと言えるだろう。

◇　◆　◇

いつもの時間に帰宅して、美味しい食事で家族団欒《だんらん》を楽しみ、一人息子と風呂に入る。この平凡な幸せが、明彦にとって何よりも大切なもの。

湯船の中で明彦は、光彦に優しく問いかける。

「光彦。今日は幼稚園で何があった？」

聞きたいのは、『アリサちゃんにガツーンと言ってやったのか？』ということだが、光彦はそれに気づかず、『幼稚園でどんな遊びをしたか』細かく話して聞かせてくれた。

「ほかには？　何か変わったことはなかったのか？」

ストレートに聞きたい衝動を抑《おさ》えて尋ねると、光彦はハッと思い出した様子で言う。

「あのね。こーぃちくんが、きょうエスジーコースのきょーしゅーで、ふつーありえねーしっぱいして、やりなおしなんだって」

（……なんのことだ？）

明彦は少し考え込み、おそらく『S字コースの教習で大きなミスを犯《おか》して、もう一度教習を受けなおす』という意味だろうと解釈《かいしゃく》した。

（功一くんは何も言ってなかったが、教習中に何かあったのかな？）

ありえねー失敗という言い回しは、なんだか啓介のセリフのような気がする。

（……啓介くんには話しているのか？）

功一は、明彦に言えないこと、言いたくないことは、啓介に相談しているようだ。おそらく話しているのだろう。

疎外感《そがいかん》を感じて不愉快だったが、自分に何も話してくれない理由を考えると、言えないような危険なことがあったのかと、心配でたまらなくなる。

（いったい何があったんだ!?）

狭路の通行といえば、縁石《えんせき》に乗り上げるくらいのミスしか思いつかないが。

まさか教習中に事故を起こしたとか？

いやいや、幼稚園児の言うことだ。ありえないミスをしたのが、功一だとは限らない。巻き込まれて、教習をやりなおすことになった可能性もある。

体面事故か⁉　追突《ついとつ》事故か⁉　それとも一人相撲《ずもう》なのか⁉

頭の中で嫌な場面がグルグルと、走馬灯《そうまとう》のように浮かんでは消える。

「なあ、光彦。功一くんがありえない失敗をしたって、どういうことなんだ？」

すると光彦は、ちょっぴり困った顔をした。

「ヒミツなの」

「パパには話せないことか？」

「わかんない。トクベツにおしえてもらっただけだもん」

「誰に教えてもらったんだ？」

「ケーシュケくん！」

（やっぱり……）

明彦は光彦から話を聞きだそうとしたが、光彦自身は、それ以上知らないらしい。

風呂から上がった明彦は、まだグルグル考え事に浸《ひた》りながら、半分上《うわ》の空《そら》で光彦を寝かしつけた。

リビングに戻り、入れ違いに風呂に入った功一を待ちながら、明彦は期待と不安に心を揺らしている。

夕飯時には何も話してくれなかったが、二人っきりなら、何があったか話してくれるだろうか？

きっと話してくれるはずだ。二人は生涯《しょうがい》をともにする伴侶なのだから。

そう自分に言い聞かせ、懸命に心を静めているうち、ようやく功一がリビングに戻ってきた。

二人で他愛無《たあいな》い話をしながら、明彦はずっと待っている。功一はきっと、秘密を打ち明けてくれると。

だが、一番聞きたいことだけは、一向に話題に上らない。おそらく功一は、話すつもりがないのだろう。

こちらから聞いたところで、正直に答えるとも思えない。

（これは……啓介くんを問い詰めるしかないな）

功一の口を割らせるよりも、啓介の口を割らせるほうが手っ取り早いのだ。

明彦は翌朝、出勤すると見せかけて、いつもの時間に自宅を出た。かつて住んでいたアパートへ行って啓介を待ち伏《ぶ》せし、登校する前に捕まえるためだ。

しばらくして、平井家の玄関を出た啓介が、門のほうへ近づいてきた。

明彦の存在には気づいていないようだ。暢気《のんき》に流行《はや》りの歌など口ずさんでいる。

そのまま通り過ぎようとしたところで、明彦は背後から肩をつかんで引き止めた。

「おはよう、啓介くん。いい朝だねぇ」

さわやかに笑って告《つ》げたつもりだが、啓介はなんとなく状況を察《さっ》したらしい。

「おはよう、オーサワ。行ってきまーす！」

苦しい笑顔でそう応え、明彦を振り切って逃げようとする。

しかし、明彦だって、伊達に設計事務所と工事現場で生活費を稼《かせ》ぎながら、自力で大学を出たわけじゃない。健康と体力には自信がある。社会人になってからも、しっかり体を鍛《きた》えているのだ。十代の小僧《こぞう》に負けてたまるか。

「悪いが、ちょっと顔を貸してくれないかな？」

「えーと……遅刻するから、また今度……」

今にも走って逃げ出しそうな素振りで言うから、明彦は啓介の手首もガッシリ捕まえた。

「遅刻するほど時間はかからないよ。啓介くんが、素直に教えてくれたらね」

「や！　ダメっす！　ムリっす！　オレはな～んにも知りませんからっっ！」

「まだ何も聞いてないだろう。見え透《す》いた嘘は見苦《みぐる》しいよ」

にっこり笑う明彦の目は笑っていない。酸《す》いも甘いも噛み分けてきた大人の迫力に、啓介はタジタジだ。

明彦は啓介の耳元で、悪魔のように囁いた。

「秘密。そう言ったんだってね、光彦に……。僕にも、特別に教えてくれないか？　昨日功一くんに、何があったのか……」

「いやー、ホント何もないから！　罪のないジョーダンなんで！　この手を離してほしいな～」

「嘘はいけないよ。その顔は、絶対何か隠してる。もし素直に教えてくれたら、お礼に啓介くんがほしがっていた靴をプレゼントするのになあ？」

啓介は微《かす》かに動揺したが、迷いを振り切るように頭を振って否定する。

「ウソじゃないって！」

思っていたより骨があるらしい。

でも、これならどうだ？

「そういえば……『欲しいジーンズがあるけど、高くて買えない』とも言ってなかったかい？　プレゼントしてもいいんだよ？　啓介くんが、僕の頼みを聞いてくれるならね」

明彦の誘惑と、功一への義理立てで、啓介はゆらゆらと心を揺らしている。

あと一押しで落ちると踏んで、明彦はとどめを刺した。

「クロムハーツのペンダントで胸元を飾れば、きっとお洒落《しゃれ》が引き立つだろうね。ペンダント、欲しくないかい？」

「欲しいっ！」

啓介は明彦にすがりつき、欲に目が眩《くら》んでキラキラした目で言う。

「お代官様《だいかんさま》！　どうぞ、なんなりと聞いておくんなせぇ！　アッシはもう、お代官様の言いなりでごぜぇやす！」

「じゃあ聞かせてもらおうか。昨日、何があったんだい？」

啓介は功一から聞いた話を、洗いざらいゲロしてくれた。


（なんてことだ！　まさか本当に、教習所で男の教官に口説かれていたなんて……！）

教習所へ行かせることにしたとき、功一には注意した。

『車は動く密室なんだから、充分気をつけるんだよ。イヤラシイことをする教官がいたら、泣き寝入りしないで、ちゃんと抗議して、二度と当たらないようにしてもらいなさい』

取り越し苦労だと功一は笑ったが、危惧《きぐ》したとおりのことが起きたじゃないか！

そんな教習所など辞《や》めてしまえ！

なんて心のままに叫べたら、どれほどスッキリするだろう。

でも功一は、そう言われるのが嫌だから、何もなかった顔をして、明彦にだけは隠し通すつもりだったに違いない。

（……やはり辞めろとは言えないか。功一くんの将来の芽《め》を摘《つ》むようなこと、できるわけがない）

ナンパ癖《ぐせ》のある教官にセクハラされたが、功一の担当教官は、その男ではないのだ。

それに功一は、セクハラ教官に痛い言葉で反撃し、教習車を乗り捨てて、コースを横切って帰ったらしい。おとなしそうな顔をして――なかなかやってくれる。

（信じるしかないか……）

手に負《お》えないことが起こったときは、ちゃんと相談してくれるだろう。本人が大丈夫だと判断したなら、差し出口を挟まないほうがいい。

それに、光彦や啓介が秘密を漏らしたと功一が知ったら、厄介《やっかい》なことになる。何かあっても、相談相手がいないなんて――一番マズいパターンだ。

（ニュースソースを失うわけにはいかないから、何も聞かなかったことにして、これからも啓介くんに、功一くんの様子を逐一《ちくいち》報告してもらおう）

そうすれば、何かあったときには、必ず功一を救えるはず。

愛しているから、明彦は功一のことが気になってしょうがない。

過保護、過干渉《かかんしょう》だと自覚はあるが、詮索《せんさく》をやめるつもりは毛頭《もうとう》ないのだ。

5. 抱かれたい男

功一は仮免《かりめん》に合格し、路上教習に入っていた。

しかし、夏休みはスピードコースで教習を受ける学生で混み合い、予約がなかなか取れなくなる。

幼稚園も休みだから、夏が終わるまでのんびりする予定だ。

といっても、突然父が『抜き打ち視察』と称して、泊《とま》りがけで婿《むこ》イビリに来たりして、退屈する暇《ひま》もない。

もちろん、明彦が誠意《せいい》と感謝と不屈《ふくつ》の根性で受けて立ち、父の機嫌を取ってくれたから、むしろ楽しいハプニングとなった。


そして八月十日には、今度は功一が、明彦親子を連れて実家へ里帰り。

五月の連休は、親族総出で駅まで迎えに来てくれたが——今回は父と義兄《あに》と、双生児《ふたご》の甥《おい》っ子たちだけだ。母と姉は、まだ実家に併設《へいせつ》された美容院で働いているらしい。

途中でバースデーケーキを買い、実家に帰ると、姉の詩織《しおり》が出迎えてくれた。

「お帰りなさい。待ってたわ」

にっこり笑う詩織の唇を見て、功一は『夏色ルージュかな？』と秘《ひそ》かに思う。

「母さんは？」

「最後のお客さんの髪をブローしてるの。今日は功ちゃんたちが来るから、遅くとも五時には仕舞《しま》うつもりだったんだけど——お得意様だから断れなくて……」

もうしばらくかかるだろうと言い残し、詩織は夫の天野《あまの》大空《おおぞら》に手伝うよう促《うなが》して、夕飯支度の続きを始めた。


夕飯ができた頃には母の仕事も終わったようで、店を閉めて母屋《おもや》に戻ってきた。

今日は父の誕生日だが、バースデーパーティーは、八月二十九日が誕生日の母と合同で行う。

両親の誕生日をともに祝《いわ》えるなんて、三年前の夏以来だ。

プレゼントを渡し、和《なご》やかに食事しているうちに、功一は思わず涙ぐんでしまった。

「やだ。功ちゃんったら。ここは功ちゃんが泣くシーンじゃないわよ」

苦笑しながら功一の肩をそっと抱いた詩織の手。

この手がずっと支えてくれていたから、今の幸福がある。

ありがとうと心の中で呟いて、功一は嬉し泣きに泣きながら微笑んだ。


詩織たちが帰ってから、一番風呂に入った父は、機嫌よく早々に寝てしまった。

続いて明彦が、光彦と一緒に風呂に入っている。

その間、母と二人きりになった功一は、話の種《たね》に聞いてみた。

「母さんが今使っている口紅って、クロリスの夏色ルージュ？」

「そうよ。よく判ったわね」

「姉ちゃんのもそうでしょう？　やっぱCMモデルが美形だから、思わず買っちゃったんだ？」

功一の言葉に、母はムッと顔をしかめた。

「嫌ねえ。詩織と一緒にしないで。母さんは付き合いで、もっと前からクロリスの化粧品を使ってるのよ。知ってるでしょ」

「ってことは、やっぱ姉ちゃんは、あのCMに乗せられたクチなんだね？」

思わず笑った功一に、母がチクリと嫌味《いやみ》を言う。

「功一だって、もし女の子に生まれていたら、CMに乗せられて、夏色ルージュを買ってたんじゃない？　子供の頃から『白馬に乗った王子様』に憧れてたけど、まさか王子様になりたいんじゃなくて、王子様に見初《みそ》められたかったなんて――想像すらしてなかったわ」

それを言われると、身も蓋《ふた》もない。功一は苦笑《にがわら》いを浮かべるばかりだ。

「功一の王子様は、白馬じゃなくて、『黒馬に乗った王子様』って感じだけど。やっぱり面食《めんく》いだったのねぇ……。誰に似たのかしら？」

「きっと父さんに似たんだよ」

功一の母は、十歳は若く見える。若い頃はこの界隈《かいわい》では有名な美人だったが、今でも美貌は衰《おとろ》えていない。

あの美人が、どうしてあの人と――功一の父はそう噂され、羨《うらや》ましがられているのだ。

「嬉しいこと言ってくれるわねぇ。でも、それじゃ『自分は美人です』って言ってるのと変わらないわよ。功一は、年齢と性別が違うだけで、母さんにそっくりなんだから」

母にそう窘《たしな》められて、功一はまた苦笑した。

◇　◆　◇

風呂に入ろうとして、明彦はふと、光彦のシャンプーハットを忘れたことに気づいた。

確か功一の部屋に置いている旅行鞄《かばん》に入れたままだ。

光彦を風呂場で待たせて取りに戻ると、通りすがりにリビングから功一の笑い声が聞こえてきた。

(楽しそうだな。何を話しているんだろう?)

気になって扉越しに聞き耳を立てると、義母《はは》の声が聞こえてくる。

「子供の頃から『白馬に乗った王子様』に憧れてたけど、まさか王子様になりたいんじゃなくて、王子様に見初められたかったなんて——想像すらしてなかったわ。功一の王子様は、白馬じゃなくて、『黒馬に乗った王子様』って感じだけど。やっぱり面食いだったのねえ……」

(……黒馬に乗った王子様? お義母《かあ》さんには、僕みたいな三十男でも、王子様に見えているのか……)

すでに三十代の明彦だが、よく考えれば、三十代の王子様だっている。王位を継《つ》がない限り、四十代だろうと、五十代だろうと、王子様は王子様のままなのだ!

自分は『愛する人に命を捧《ささ》げるナイト』でいい。そのほうがいいと思っていた。

けれどやはり、『愛する人から見た場合は、理想の王子様でありたい』と願ってしまう。

白馬に乗ったキラキラしい王子様になるのはムリだが、黒馬に乗った渋い王子様なら、なれるかもしれない。

すっかり自信を持った明彦は、この上なく機嫌がよくなった。

功一の実家に泊るとき、功一は自分の部屋のベッドで、明彦は功一のベッドの隣に客用布団《ふとん》を敷いて、光彦と一緒に寝ている。

光彦が眠ってから、功一はしんみりと明彦に話しかけてきた。両親の誕生日を祝っているとき、嬉しくてつい泣けてきたのだと。

両親に勘当《かんどう》されていた間、功一はこの家の敷居《しきい》を跨《また》げなかった。それが功一にとってどんなにつらいことだったか――家族仲のよさを見ていれば解る。

筋《すじ》を通したいという明彦の独断で、いきなりプロポーズして功一の両親を傷つけ、功一につらい思いをさせてしまった。

二度とそんなことがないように、必ず彼を生涯守り抜く。

そう心に誓いながら、明彦は幸せな眠りに就《つ》いた。

去年の夏――一番心に残った思い出は、義姉《あね》夫婦と子連れで海へ行ったこと。

今年の夏は功一の両親も含め、総勢九人で海へ行くはずだったが、あいにくの雨。結局海には行けず終《じま》いで、代わりに健康ランドとプールへ行った。

松村家の墓参《まい》りにも、光彦を連れて同行した。

そして八月二十七日――明彦の両親の月命日には、初めて功一と光彦を連れて、三人で墓参りに行った。

楽しいこと、嬉しいこと、泣けること。いろいろあって、今年の夏は思い出深い。

全国的な話題で最も心に残っているのは、やはり六月下旬から一カ月間続いた『夏色ルージュ』のCMだ。

CM放映期間が終わってしばらくすると、世間を騒《さわ》がせた『クロリスの王子様』熱は、少し落ち着きを見せ始めたように思われたが。八月下旬から、再びブームが巻き起こった。

クロリスは秋のキャンペーンで、またもや彼をCMモデルに起用《きよう》したのだ。

ラメやパールのきらめきを取り入れたアイメイク『秋色パレット』。キャッチコピーは、『きらめく瞳が季節を塗りかえる』。

CMの内容は、アイメイクを施《ほどこ》された彼が、謎めいた眼差しでじっと見つめて、ふと瞬きする。そのとき生まれたきらめきが、モノクロだったバックの彩《いろど》りを鮮やかに塗り替えていくというもの。

女性向け化粧品のＣＭに男性を使うなんて、明彦に言わせれば悪趣味もいいところだが。世間では好意的に騒がれているし。ＣＧであろう演出も、神話風でドラマティックだと評判がいい。

会社でも、女性スタッフやアルバイトたちが、連日彼の噂ばかりしている。

「いったい何者なのかしら？」

「どこの芸能事務所にも所属してなくて、名前すら判らないんでしょ？」

謎の美形モデルは正体不明。ますます『実在しない人物ではないか』という疑《うたが》いが濃《こ》くなってくる。

◇　◆　◇

九月に入ると、功一は再び教習所に通い始めた。

第二段階の見極《みきわ》めをもらい、卒業検定に合格し、その後の試験も無事クリアして、ついに自動車免許を取得したのは、九月も半ばに入った頃だ。

明彦は『自分の車を好きに使っていい』と言ってくれるが、若葉《わかば》マークの功一には、教習車より大きい車に一人で乗る度胸はない。混雑する駐車場では車を停められず、一人では、スーパーに買い物に行くことすらできないでいる。

本音《ほんね》を言えば、もう少し小さい車に乗りたいのだが、収入のない専業主夫には、中古車を買う資金も維持費も捻出《ねんしゅつ》できない。

車がほしいとおねだりすれば、明彦は買ってくれるだろう。

けれど、教習所の費用もすべて出してもらったのに、車までねだれるものか。

分不相応《ぶんふそうおう》な望みは持たず、毎日練習して、少しでも運転に慣れるしかない。

功一は腹を括《くく》って、明彦の帰宅後や休日に、明彦にフォローしてもらいながら、近場を流すだけのドライブを続けた。

初心者が危なっかしい運転をする車に、子供まで乗せる度胸はなくて、光彦は平井家に預けている。だから『運転の練習』という名目ではあるが、半分は『二人きりのデート』みたいなものだ。

毎日練習を重ねているうちに、だんだん車両感覚がつかめてきた。

車庫入れコースを体が覚え、もう焦《あせ》ってハンドルを切りなおすこともない。

状況を判断して、交通の流れに乗ることもできる。

そうなるとドライブするのが楽しくて。光彦が幼稚園に行っている間に、一人であちこち出かけるようになった。

もうすぐ明彦の誕生日だから、今年は景色のきれいな穴場を見つけて、ドライブデートをプレゼントしたいのだ。

事前にいろいろ調べてから、ドライブコースを下見に出かけているけれど、読みが甘くて、時間通りに帰れないこともある。

今日もうっかり遠出しすぎて、光彦を幼稚園に迎えに行く時間までに、絶対帰れそうにない。

功一は啓介にメールして、代わりに光彦を迎えに行ってもらうことにした。

マンションの駐車場に帰ってきたのは、そろそろ太陽が沈《しず》み始めた頃。

慌てて手土産《みやげ》を持って平井家に行くと、光彦は啓介とアニメを見ていた。

「もう少しで終わるから、ちょっと待っててあげましょう。上がってお茶でもいかか？」

平井さんに誘われるまま、リビングに上がらせてもらうと、テーブルの上に女性誌が置かれている。

表紙の煽《あお》り文句を見ていると、平井さんが小声で教えてくれた。

「これ、読者投票の『抱かれたい男ランキング』が載ってるの。連続ナンバーワンだった俳優の野樹秀仁《のぎひでと》を抜いて、クロリスの美形モデルが一位になったのよ」

「え……？　あの人、まだ『夏色ルージュ』と『秋色パレット』のＣＭにしか出てませんよね？」

「アンケートの締め切り前は、まだ『夏色ルージュ』のＣＭだけよ」

「すごいですね～」

「彼のプロフィールを知りたいんだけど、クロリスはノーコメントを貫いてるらしくて、キャンペーンに使われている写真しか載ってないのよね。ガッカリだわ」

そこで啓介が口を挟む。

「母ちゃんってば、女子高生じゃあるまいし。若くてキレイな男を見ると、すぐキャーキャー大騒ぎしちゃって。恥ずかしいよ。自分の歳《とし》を考えろ、ってカンジじゃん？」

すると平井さんもムッと膨《ふく》れて言い返す。

「女っていうのは、いくつになっても、心は夢見る乙女なのよ！」

「男が巨乳のグラビアアイドルに鼻の下伸《の》ばしてたら、『イヤラシイ』って文句ブリブリ言うくせに。『抱かれたい男ランキング』はオッケーなの？　女って勝手だよな～」

「文句ブリブリ言われた……って、平井さんに？」

功一の問いに、平井さんがきょとんとした顔で首を横に振る。

「じゃあ、気になってる女の子とかに言われたんだ？」

笑いながら突っ込んだ功一に、啓介は真っ赤になって言い張った。

「違う！　一般論だよ！　クラスメイトの話だってば！」

「よく友達の話とか言って、自分のことを話す人いるよね」

「ホントだって！　オレは巨乳より美乳のほうが……あ、イヤ、今のナシ！　単なる言葉のアヤだから！」

「別に気にしなくてもいいよ。健康な高校生男子なら、普通のことでしょう」

啓介はまだ何か言いたそうな顔をしていたが、テレビに夢中の光彦が、「もぉ～！　しずかにしてよぅ！」と文句を言うので口を噤《つぐ》んだ。

◇　◆　◇

明彦の会社では、今日も女性スタッフやアルバイトたちが、休憩時間に噂話で盛り上がっている。

その中の一人が、女性向け雑誌を広げてほかの女性に言う。

「読者投票の『抱かれたい男ランキング』、今回はクロリスのＣＭモデルが一位だったのよ。ほら！」

「えーっ⁉　野樹秀仁、ついに抜かれたんだ～」

「正体不明のＣＭモデルに抜かれたなんて騒がれちゃ、秀仁ショックよねぇ～」

「しょうがないわよ。相手がインパクトありすぎたもの。正体不明ってところも、謎めいてて気になるじゃない？」

そこへ同僚の松井が割って入った。

「何々、ちょっと見せてくれる？」

雑誌を借りた松井は、わざわざ明彦のところへ持ってきて、噂のページをバーンと広げて話題をふる。

「見ろよ、大沢。『抱かれたい男ランキング』だって。これ投票した子って、もし本人に誘われたら、マジでＯＫすんのかな？　羨ましい話だよなー。でも、独身の子ならともかく、パートナーがいる子って、抱かれたい男に誘われた場合、どーすんだろ？　なあ？」

含み笑う松井の真意は一目瞭然《いちもくりょうぜん》。功一が彼のファンだと気づいているから、嫌がらせを言いにきたのだ。

だがもう、その手には乗るものか。

明彦は余裕で笑って答えた。

「さあな。人それぞれだし、僕には関係ないことだから」

「え～っ、でも大沢さ～。もし自分のパートナーが、『抱かれたい男ランキング』なんてモンに投票してたら、お前どうするよ？」

「別にどうもしない。僕のパートナーは、仮に投票していたとしても、見ず知らずの芸能人に、本気で抱かれたいとは思わないだろうから」

「ちぇ。最近大沢くんはつまんないねー。堂々としすぎて憎たらしー！」

「憎たらしくて結構。くだらないことをしゃべってる間に、早く仕事を上げたらどうだ？　予定が遅れているんだろう？」

「大丈夫。いざとなったら、心優しい大沢クンが助けてくれるから」

「ふざけるな！　遊びほうけて宿題を忘れていた小学生じゃあるまいし！」

「そう言わずに、困ったときは、同期のよしみで助け合おう」

「何が助け合おうだ！　僕はお前が人を助けるところなど、未《いま》だかつて見たことがない！」

「うわー、ひでー言われよう……」

「ひどくない。そもそも僕のほうがたくさん仕事を抱えているんだ。人の手伝いなどする余裕があるものか」

しかめっ面《つら》の明彦を見て、松井はヘラヘラ笑いながら言う。

「大沢ってば、ほんっと、怒りっぽい性格だよなぁ」

誰が怒らせているんだ、誰が！

「お前にだけは言われたくないね。ほら、休憩はもう終わりだ。早く仕事に戻れ」

「わーかりました～！」

自分の席に戻った松井は、明彦に向かってべーッと舌を出していた。本当に、腹の立つ男だ。


松井のせいで嫌な気分になった日は、少し早めに残業を切り上げることにしている。家に帰れば功一と、光彦の笑顔で癒されて、気持ちをすぐに切り替えられるから。

自宅のインターホンを鳴らすと、すぐに功一が鍵を開けて出迎えてくれる。

「お帰りなさい、明彦さん」

「ただいま。この匂《にお》いは秋刀魚《さんま》だね？」

「ええ。ナスの味噌炒《いた》めと、松茸《まったけ》入りの土瓶蒸《どびんむ》しと、平井さんにいただいたカボチャの煮つけもありますよ」

「楽しみだ。着替えてくる」

部屋着に着替えてリビングに行くと、光彦が「パパー！」と抱っこをせがんで駆け寄ってきた。

「おーっ、光彦！　ただいまー！」

抱き上げて構っていると、「ご飯ですよ」と声がかかる。

席に着いたところで、功一が土瓶蒸しの出汁《だし》をお猪口《ちょこ》に注《そそ》いでいく。

「まずは料亭気分で、秋の味覚を堪能《たんのう》しましょう」

功一がそう言うと、光彦がきょとんと首を傾《かし》げた。

「あきのみかく？」

明彦は頷きながら、愛らしい我が子の疑問に答えてやる。

「秋の味覚とは、秋になると、美味しくて食欲をそそる食べ物のことだ。今日は秋の味覚がいっぱいだぞ。秋刀魚は漢字で書くと名前に『秋』が入るほど、秋が一番美味しい季節の魚だし。『秋ナスは嫁に食《く》わすな』という言葉があるくらい、八月から九月に採れるナスビは美味しいと言われている。そして松茸は秋の味覚の王様で、なんと言っても、この香りがたまらないんだ」

明彦がクッと出汁を飲み干して、「美味い」と唸《うな》る。

光彦もそれを真似をして出汁を飲みかけ、「あちゅい！」と舌を出す。

功一は慌てて冷たいお茶を光彦に飲ませ、労《いた》わるように言う。

「先に具を食べて、少し冷めるのを待ったほうがいいかもね。お出汁はご飯にかけて食べても美味しいよ」

するとと明彦がお猪口を置いて尋ねた。

「それいいね。僕の分もできるかな？」

「大丈夫です。先に秋刀魚を肴《さかな》にして、何か飲みますか？」

「まだ残暑が厳しいから、冷えたビールが飲みたいな」

功一の酌で秋刀魚を肴に冷えたビールを飲んでいると、嫌なことなどきれいサッパリ頭から消えていく。

「このカボチャは、平井さんが煮付けたのかい？」

「ええ。平井さんのカボチャの煮付け、とろっとしていて美味しいんですよね」

確かに、水分が多く、功一が作る煮つけとは違った旨味《うまみ》がある。

「ナスの味噌炒めも、すごく美味しいよ。毎日こんな美味しいご飯が食べられて、幸せだよなぁ、光彦」

明彦がそう言って笑いかけると、光彦も幸せいっぱいの笑顔で「うんっ！」と頷く。

赤ん坊の頃、食べるのを嫌がって吐いていた子とは思えない。すべて功一のおかげだ。感謝の気持ちがあふれてきて、言葉の代わりに微笑みかけると、功一も優しい笑顔を返してくれる。

しっかり食べて満足した明彦は、腹がこなれるまでリビングで寛《くつろ》ぐことにした。

枕にしようとクッションを取ると、その下に、まるで隠すみたいに、見覚えのある雑誌が置いてある。今日、会社で松井に見せられた、『抱かれたい男ランキング』が載っている雑誌だ。

明彦は愕然《がくぜん》とした。

（なんでこんなところに、あの女性向け雑誌があるんだ⁉）

明彦が雑誌を見つめて固まっていると、食器を片付けた功一がリビングに来て、明彦が見ているものに気づいて動揺した。

（なぜ動揺するんだ⁉）

何か疚《やま》しいことがあるからか？

それとも、明彦がまた、クロリスのＣＭモデルにヤキモチを焼くと思ったから？

（なんとか言ってくれ、功一くん！）

だが功一は何も言わない。

明彦も、何も聞くことができなかった。

◇　◆　◇

功一は思いっきり焦ってフリーズしている。

(俺のバカッ！　なんですぐ自分の部屋に隠しておかなかったんだよ～！)

明彦がインターホンを鳴らしたとき、功一は夕飯仕度をほぼ終えて、『抱かれたい男ランキング』の結果発表を読んでいた。

ちなみに、平井さんに借りたわけではない。ランキングの結果発表が気になるし。『秋色パレット』の広告が大きく掲載されていて、企画ページに『夏色ルージュ』のキャンペーンで使われていた写真もすべて掲載されている。おまけに、カッコイイ男性タレントの写真がたくさん載っていたから、つい買ってしまったのだ。

でも、明彦にそれを知られるのは気まずいから、慌てて隠して、そのまま忘れて現在に至《いた》る。

(明彦さん、雑誌の内容を見たかなぁ？)

いや、手に取っていただけで、中は開いていなかった。

（どうしよ……。中を見る前に、さりげなく返してもらうほうがいいかな？）

だが、慌てて返してもらったら、かえって不自然な気もする。

（今はクロリスのＣＭが流れても、気にならないみたいだし……大丈夫だよね？）

功一は、このまま何も見なかったことにすると決めた。

明彦も無言のまま雑誌を置いて、何も聞かない。

しばらくして、明彦が光彦と風呂に入ってくれたので、その隙《すき》に功一は、雑誌を自分の部屋に隠しておいた。
これでようやく一安心――と思ったが、甘かったようだ。

功一が風呂から上がったとき、リビングのソファーに座っていた明彦が、功一に気づいて話を蒸し返した。

「あの雑誌、どうしたんだい？」

この場合、どこへやったか聞いているのか。それとも、買ったのか、借りたのか聞いているのかよく判らない。言い訳がましい気もするが、両方の意味で答えることにした。

「……えーと、平井さんに借りたんです。俺が目を離した隙に、みーくんがイタズラしちゃ困ると思って、俺の部屋に持っていきました」

ここに光彦がいたら、言いがかりだと怒るだろう。本を破ったり、落書きしたりのイタズラなんて、物心ついたころには卒業している。しかし、嘘も方便《ほうべん》。正直に答えるばかりが良いわけではない。

明彦は、小声でボソリと呟いた。

「……あの雑誌、読者が投票した『抱かれたい男ランキング』の結果発表が載っているんだろう？『クロリスのＣＭモデルが、連続一位を更新していた人気ナンバーワン俳優の野樹秀仁を押しのけて、堂々一位にランキングした』って、うちの会社でも話題になっていたよ」

どうやら明彦は、雑誌を開くまでもなく、すでに内容を知っていたようだ。

「……そうらしいですね。ＣＭ一本で不動の野樹秀仁を抜くなんて、すごいなぁ」

苦しい笑顔でそう言うと、明彦は皮肉《ひにく》めいた笑みを浮かべて言葉を返す。

「正体不明の謎のモデルなんて、本当に実在するのか怪《あや》しいけどね」

「えっ？　どういう意味ですか？」

「ＣＧで作り出した、幻の美青年かもしれないってことだよ。考えてもごらん。これだけ社会現象になっているのに、モデルの正体が判らないなんておかしいだろう」

言われてみると、確かにそんな気もする。

しかし功一は、モデルが実在しないかもしれないということより、明彦がそう考えていることと自体が気になった。

（……もしかして、クロリスのCMを気にしなくなったのは、モデルが実在しないと思っているから？）

明彦はなかなか嫉妬深い。それが判っているから功一は、ことさら『あなた一筋《ひとすじ》です』という気持ちを強くアピールしているつもりだ。

でもまだ足りないなら、何度でも言ってあげる。

「CGだろうと、実在していようと、構わないんじゃないですか？　クロリスのモデルさんは、『きれいだなぁ』『カッコイイなぁ』って眺めるだけの人だもの。中には芸能人に本気で恋する人もいるみたいだけど、ほとんどの女性が、俺と同意見だと思いますよ？」

明彦はハッと我《われ》に返ったような顔をした。

「平井さんが、『女はいくつになっても、心は夢見る乙女なのよ』って言ってました。読者《この》が投票した『抱かれたい男』は、あくまでも好みのルックスを有名人に例《たと》えて答えているだけで、別にその人に抱かれたいわけじゃないと思うし。できるものなら本当は、自分を心から愛してくれる、最愛の人に投票したいんじゃないかな？　俺だってそうですもん」

見開かれていた明彦の瞳が優しく細められる。

功一は明彦の顔をじっと見つめて言う。

「『抱かれたい男ランキング』、俺ならあなたに投票しますよ」

すると明彦も、嬉しそうに笑って宣言した。

「じゃあ僕は、『抱きたい男ランキング』で、君に投票するよ」

「あなたからの票だったら、光栄《こうえい》です」

「僕の部屋で、投票結果を記事にしようか。じっくり君のコメントを聞かせてくれ」

「いいですよ。あなたのコメントも伺《うかが》いましょう」

二人は手を取り合って、明彦の寝室へ移動する。


寝室のドアに鍵をかけ、ベッドにそっと腰を下ろし、抱き合ってキスした。

そして明彦は、功一の頬にも、瞼《まぶた》にも、額《ひたい》にも——そっとキスして甘く微笑《ほほえ》む。

「こんなに可愛い君が、僕を選んでくれるなんて……夢のようだよ」

「俺だって。あなたみたいにステキな人が、俺を選んでくれて嬉しいです」

「君の目には、僕は『黒馬に乗った王子様』に見えているかい？」

その一言で功一は、夏に帰省したとき母と話していたことを、明彦に聞かれたのだと判ってしまった。

「あなたは、俺には『白馬に乗った理想の王子様』に見えていますよ。だからこうして、一緒に暮らしているんです」

明彦は功一の答えを聞いて、照《て》れたように笑う。

「僕を愛してる？」

「愛しています。あなたが俺を愛してくれるから、俺は幸せになれました。これからもずっと、幸せにしてくれるんでしょう？」

「もちろん。生涯君を幸せにする。死ぬまで君を愛し抜くとも」

情熱的に愛を語る唇が、再び功一の唇を塞《ふさ》ぎ、言葉よりもっと熱い想いを語り始める。

功一も彼に『愛している』と伝えたくて、キスに応えた。

明彦の大きな手が、パジャマをはだけて功一の肌を滑っていく。

「ああ……」

それだけで感じてため息が漏れ、体の芯が熱くなって、甘いときめきが胸を満《み》たす。

「気持ちいいの？」

「ん……いい……」

昂ぶっている体には、優しい愛撫がもどかしいくらいだ。

「もっと……。ここも……」

功一はねだるように体をすりつけ、明彦の手を自《みずか》らの欲望に導《みちび》いた。

明彦は功一の分身を優しく握って問いかける。

「ここを、どうしてほしいの？」

はっきり言わなくても判るはずなのに。わざわざ言わせようとするのは、功一に求められたいからだろう。それが解るから、功一は戸惑いながらも口にした。

「……こすって……、イカせて……」

「こうかい？」

快楽《かいらく》を生み出す動きを始めた手が、功一を淫《みだ》らに翻弄《ほんろう》する。

「気持ちいい？」

「き……もち……ぃ……」

「ほかには？　僕にどうしてほしい？」

「……ろも……して」

快楽に酔っておかしくなっているときなら、平気で言える言葉なのに。恥ずかしくて声が小さくなってしまう。

「聞こえないよ。もっとはっきり、どうしてほしいか言ってごらん」

聞こえないなんて嘘だ。聞こえなかったとしても、気づいているはず。

そう思いながらも功一は、もう一度羞恥《しゅうち》をこらえて訴える。

「……後ろのほうも、触って……」

「後ろって、この辺かい？」

明彦の手が、功一の尻の谷間を滑っていく。

そして窪《くぼ》んだ場所を見つけて、くすぐるように指の腹で愛撫する。

思わず体が震えてしまった。それくらい気持ちいい。

でも、刺激に慣れると、だんだん物足《ものた》りなくなってしまう。

「もっと……中に、指……入れて……」

明彦は苦笑しながら、甘く掠《かす》れた声で囁く。

「濡らさないと無理だよ。僕が舐めてあげようか？　それとも、ローションがいい？」

「どっちでも……、い……からぁ……！　早く、入れて……」

「僕としてはじっくり舐めて解《ほぐ》してあげたいけど、君がそう言うなら、仕方ないな」

明彦は掌《てのひら》で温めたローションで功一の尻の窪みを濡らし、ゆっくりと指を挿入する。

「このくらい？」

「ああんっ、もっと！　もっと奥まで！　深く入れて、動かして……！」

「こんな感じかい？」

明彦はゆっくりと根元まで指を潜《もぐ》り込ませ、内部を広げるように掻き回し、抉《えぐ》るようにして引き抜いては、またゆっくりと指を埋めていく。

指が時折ひどく感じる場所を擦《こす》って、功一を痺《しび》れるくらい感じさせる。

「ひぁんっ、そこ、イイ……！　すごく、イイ……ッ！」

功一が身悶《みもだ》えながら訴えると、明彦はもっと激しく功一の中を掻き回す。

「もう一本入りそうだね。入れてあげようか？」

すでに恥ずかしいと感じる余裕もなくなって、功一は必死でおねだりしていた。

「入れて……！　もっといっぱい、入れて……！」

「入れたよ。二本でもまだ足りない？」

「……っ、たりな……ぃ！　もっと……、奥まで、いっぱぃ……」

「これ以上奥までなんて、指じゃムリだよ。もっと太くて大きいのがいい？」

「いい……。あなたの、すごいの、入れて……」

「入れてあげる。僕ももう、君がほしくてたまらないよ」

明彦はそう言って指を引き抜き、功一の中に己《おのれ》の怒張《どちょう》を埋《うず》めていく。

「あああああんっ！」

功一は挿入と同時に達《たっ》してしまった。

「ここで達《い》っちゃダメだろう。まだこれからなのに……」

苦笑しながら明彦が、再び功一の分身を愛撫《あいぶ》する。

そして萌《きざ》し始めた功一の分身から手を離し、功一の足を抱《かか》えて囁く。

「今度は一緒に達こう」

功一が頷くと、ゆっくりと腰を使い始めた。

「……気持ちいい……。君は本当に、最高だ……」

心地よさげなため息を漏らす明彦が愛《いと》しい。

「……あなたも……、サイコー……」

喘《あえ》ぎながらそう返すと、明彦の分身が歓喜《かんき》するように、功一の中で震えた。

指で感じる場所をまさぐられるより、こうして明彦の熱い欲望で貫《つらぬ》かれ、穿《うが》たれるほうが興奮する。功一の分身はすぐに勢いを取り戻し、今にも弾《はじ》けてしまいそうだ。

「……あっ、ああ……。イイ……、も……、イク……」

「もう少し。もう少し我慢して」

もう少しなら。

そう思って我慢したが、明彦はまだ余力を残している。

「も……ダメぇ……！」

我慢しきれず達したら、それがきっかけで、ようやく明彦も絶頂を迎えた。

彼の熱い想いが体内に流れ込んできて、功一はなんとも言えない幸福感に満たされ、微笑んだ。

「……あなたが……、すき……」

明彦はなぜか困ったような顔をする。

何を困っているのかは、功一の中で自己主張している彼の分身が教えてくれた。

「今夜は一度で終わりにするつもりだったのに……君のせいだよ。責任、取ってくれるね？」

功一が苦笑しながら頷くと、明彦はそっと唇にキスをして、愛の営《いとな》みを再開する。

（明日の朝、ちゃんと起きられるかなぁ？）

ふとそんな不安が功一の脳裏をよぎったが、すぐに何も考えられなくなってしまった。

6. SEVENTH《セブンス》 HEAVEN《ヘヴン》

明彦へのバースデープレゼントにするつもりで、功一が秘《ひそ》かに計画していたドライブデートは、散々《さんざん》な結果に終わった。転倒したバイクを避《よ》けたつもりが、明彦の車を崖から滑《かっ》落《らく》させてしまったのだ。怪我《けが》がなかったことだけが、せめてもの救《すく》いだろう。

その一件がきっかけで、明彦は車を買い替え、ついでに功一にも、クリスマスプレゼントに車を買ってくれた。

収入のない自分が車を持つなんて、分不相応だと思っていたけれど――未熟《みじゅく》な運転で明彦の高級車を傷物《きずもの》にするくらいなら、小回りの利《き》く車を買ってもらうほうがいい。

年が明け、帰省《きせい》していた実家から戻ると、光彦と仲良しの柴犬タロが、儚《はかな》くこの世を去っていた。

悲しみに暮れる金成老人を力づけたい。功一は、その一心で描いたタロの絵本を贈り、老人はタロの冥福《めいふく》を祈《いの》って、悲しみを乗り越えた。現在は、光彦の幼稚園のお友達――ちづるちゃん宅の愛犬が産んだポメラニアンの雑種ジロと、仲よく暮らしている。

そして二十二歳の春――功一は、タロの絵本を創作絵本コンテストに応募した。

『プロのアーティストになれるのは、一握りの選ばれた人間だけ。俺にはムリだろう』

そんな弱気を啓介に叱咤《しった》され、『ダメでも諦めないでチャレンジしよう』と思えるようになったのだ。

当の啓介は、めでたく志望大学に合格。この春から大学生となる。

それを機に、今まで賃貸《ちんたい》アパートで暮らしていた平井一家が、ついに念願《ねんがん》の引っ越しをした。偶然にも、明彦が買った分譲《ぶんじょう》マンションの隣室が売りに出され、そこを中古で買ったのだ。また隣に住むことになるなんて、よくよく縁《えん》があるのだろう。

春休み前から、少しずつ引っ越し準備をしていた平井一家が、ようやく新居《しんきょ》へ移動したのが三月末の日曜日。

クロリスがまたもや世間を騒がせたのは、月が変わってからだった。

クロリスといえば、品質の高さを誇《ほこ》る国内の有名化粧品メーカーだが、ＣＭ効果で一気に売上を伸ばし、今や業界ナンバーワンの座を獲得《かくとく》している。

しかし、レディースのオマケのように存在しているメンズ部門は、年配の富裕層《ふゆうそう》にしか受け入れられていない。

クロリスは低迷しているメンズ部門の業績を伸ばすため、若い男性をターゲットにした『エコー』という名の新シリーズを打ち出してきた。

キャンペーンモデルは、『夏色ルージュ』『秋色パレット』と、昨年クロリスのレディース部門を業界ナンバーワンまで押し上げた、あの男性モデルだ。

今度のCMは、ちょっとワイルドなイメージで作られている。

軽快《けいかい》なロックが流れ、無機質な世界でガラスの檻《おり》に閉じ込められている彼が、心の叫《さけ》びを解き放つように歌う。

耳に心地いい魅力的な声。ハートを揺さぶる、あふれんばかりの表現力。そして、思わず目を釘付けにする彼の眼差し――。

彼が拳《こぶし》を突き上げると、ガラスの檻が音を立てて砕《くだ》け散った。

『俺の世界はここから始まる。クロリス・エコー【レジェンド】』

最後にそのキャッチコピーを耳にした瞬間、感じたのは、新しい世界が目の前に広がっていくような錯覚。

　ＣＭが切り替わっても、しばらくぼんやりしていたほど、強く心に焼きついている。

　クロリス・エコーシリーズのＣＭは、もう一種類あった。

　赤い薔薇《ばら》の花に囲まれた白っぽい部屋で、ドレスアップして窓辺に佇《たたず》む美しい彼。

　優雅に流れるピアノの調べは、ため息をつきたくなるほど甘やかなバラード。

　そして次第にカメラが彼をクローズアップして、弾《はじ》けるようにバラが散り、花びらが舞い、あのキャッチコピーが鼓膜《こまく》を震わせる。

『俺の世界はここから始まる。クロリス・エコー【スプレマシー】』

　後者は『夏色ルージュ』の流れを汲んで、セレブな貴公子ふうだ。彼にハマっている奥様方には、こちらのほうがウケるだろう。

　インパクトのある華やかな映像も、メロディアスなＣＭソングもすごくいい。

　録画中に流れたＣＭだったので、功一はあとで両方を再生して、ＣＭソングを手がけたミュージシャンの名前を確認した。

「【ＳＥＶＥＮＴＨ《セブンス》　ＨＥＡＶＥＮ《ヘヴン》】、ＶＯＣＡＬ《ヴォーカル》・作詞作曲／ＨＩＢＩＫＩ《ヒビキ》。……もしかして、これがあの人の名前かな？」

ＣＭの声が吹き替えではないのなら、この歌声はモデルの彼のものだろう。

明彦は『ＣＧで作り出した、幻《まぼろし》の美青年かもしれない』などと疑っていたが、功一には、やはりちゃんと実在する人のように思える。


翌日、オヤツ時に啓介が遊びに来たので、功一は気になっていたことを聞いてみた。

「啓介くん、クロリス『エコー』シリーズのＣＭ、もう見た？」

すると啓介は、うんざりしたように言う。

「あのネ。ウチはこのマンションに引っ越してきたばかりで、まだ部屋が片付いてないのヨ。かーちゃんがコワくてウチじゃのんびりできないから、ここに寛《くつろ》ぎに来てるワケ。最近ここでしかテレビ見てないデス」

「じゃあ録画してるから、ちょっと見てよ」

「え〜っ、オレ、誰かさんみたいに、美形のオトコ見て喜ぶシュミないんですけど」

「見なくていいから、声だけ聴いて。【ＳＥＶＥＮＴＨ　ＨＥＡＶＥＮ】のヴォーカルの歌声と、モデルさんがしゃべってる声、同じ人みたいな気がするんだ」

「しょーがねーな。聴いてやるから再生してみ」

功一は、スタンバイしていたCMを再生した。

「えっ？　ちょっと待って。コレ……この曲初めて聴いた！　もっかい聴かせて」

啓介は功一の手からリモコンを奪い、勝手に巻き戻してCMを再生し、嬉々《きき》とした表情で振り返って熱く語る。

「ヤバイよコレ！　ハマる！　サウンドも、メロディーラインも、ヴォーカルの歌もサイコーじゃん！　CDとか出てんの？」

「判んない。俺が音楽聴く機会って、ほとんどテレビとショップのBGMくらいだもん。まだこのCMでしか聴いたことないし。【SEVENTH　HEAVEN】っていうグループ名も、これ見て初めて知ったんだ。ヴォーカルのHIBIKIって、あの美形モデルかなぁ？　セリフと歌声、同じ声に聞こえるよね？」

「うん。オレもそんな気する」

「モデルの声を、ヴォーカルの声に吹き替えてる可能性、あると思う？」

「ん～どーだろ？　声だけ吹き替えた可能性も、ないとは言えないかもだけどォ～、もしレコード会社が【SEVENTH　HEAVEN】を売り出す気があるなら、ルックス目当ての女性ファンの期待をさんざん煽《あお》っといて、あとで『別人でした』じゃマズくね？あくまでもこのCMのためだけに組まれたユニットで、ヴォーカルが一切顔出ししないってんならともかく……」

「だよね？　あ〜っ、やっぱあの人が歌ってんのかな？　だったら俺、ますます彼のファンになっちゃうよ。あの顔だけでも充分魅力的なのに、こんな美声で、こんなに歌が上手くて、アーティストとしての才能もあるなんて――すごすぎ！」

頬を紅潮《こうちょう》させ、瞳をキラキラさせながら言う功一を見て、啓介は苦笑した。

「ミーハーって言いたいトコだけど、オレもかーちゃんやコーイチのこと言えねーよ。【SEVENTH　HEAVEN】は、この先絶対売れると思う。これだけ上手いと、もとはメジャーなバンドで活躍してたとか、アマチュアの有名どころが商業デビューするって可能性が高いだろ。今後の活動についても詳しく知りたいし。いろいろ情報集めてみるよ」

啓介が情報を持って現れたのは、大学に通い始めてからだ。

今なら光彦は幼稚園に行っているので、心置きなく話ができる。

啓介はリビングで我が家のように寛ぎながら、いろんなことを教えてくれた。

「【SEVENTH　HEAVEN】のヴォーカルって、やっぱあの美形モデルみたいだ。『アマチュアの有名どころ』っていう予想はビンゴ。でも知らなくて当然だよ。チケットの一般売りは一切してないんだから」

「ツテがないと入れないの？」

「ツテがあってもムリっぽい。チケットは一人一枚しか買えないって決まりがあるのに、ヴォーカルの取り巻きが多すぎて、ライブの日取りが決まった途端に売り切れちゃうし。自分が行けなくなった場合、買い手はすぐに見つかるからサ」

「そうなんだ……」

功一は、どうせチケットがあっても夜遊びには行けないが、啓介は口惜《くや》しそうだ。

「ヴォーカルは、クロリスの御曹司《おんぞうし》だって噂もあるんだ」

「御曹司？　やっぱセレブだったんだ……。見るからに王子様タイプだもんねぇ」

「まあ……又聞《またぎ》きの又聞きだから、どこまで本当か判らないケド。初めてあのモデルがCMに出た頃、いくつかのブログや掲示板にそういうカキコミがあったんだって。でも、しばらくすると削除されてて、コミュ自体が消えちゃうこともあったらしい。まるで誰かが妨害してるみたいだって、陰《かげ》で噂になってるよ」

「御曹司をプロのミュージシャンにしたくないから、クロリスの偉《えら》い人がやらせてたとか？」

「だったら最初からCMに出したりしないだろ。ちなみに【SEVENTH　HEAVE

N】は、すでにデビューが決まってるって話だよ。こっちはファンからの確かな情報。音楽番組や雑誌をチェックしてたら、そのうち判ると思う」

「ありがとう、啓介くん。やっぱ大学生の情報網《もう》は侮《あなど》れないね」

「イエイエ、どーいたしまして。こちらこそ、いつもボランティアで家庭教師してくれてアリガトな。オレが大学受かったの、半分くらいコーイチのおかげだから。困ったときは、いつでも力になるよん」

そこで啓介は、功一に顔を近づけて言う。

「ところでさ～。最近のオレ、肌ツヤよくなったと思わねー？」

言われて見ると、以前より明《あき》らかに肌のコンディションがいい。

「受験のストレスから開放されたから？」

「ブッブー！　ハッズレ～！　エコー『レジェンド』のスキンケア用品を使い始めたからでぇ～っす！　今ちょうど、エコーシリーズをフルセットで購入すると、抽選でHIBIKIのクオカードが当たる応募券がもらえるキャンペーン中でサ。外《はず》れても、応募券つきのチラシにHIBIKIの写真が入ってるから、かーちゃんがオレに『レジェンド』を、とーちゃんに『スプレマシー』をプレゼントしてくれたワケ。真相《しんそう》を知らないとーちゃん、大感激しちゃってるよ」

それを聞いた功一は驚いた。

「ウソっっ！　テレビじゃそんなキャンペーンやってるなんて、宣伝してないよ!?」

「うん。とある女性向け雑誌とのコラボ企画で、応募するには、雑誌についてる応募ハガキと、今商品を買えばもらえるチラシの応募券が必要なんだネ。要するに、女性にプレゼントさせようって魂胆《こんたん》じゃん？　クロリス商売上手いよな〜。ぶっちゃけクロリスのよさをよく知ってるのは女性だもん。レジェンドでもちょっぴり高めなお値段だから、オレは買うつもりなかったんだけど。今は『こんなにいいなら、一生ついていきます』みたいな？　もうずっと手放せない感じ？」

「……なるほど。そういえば俺の母さん、ご近所付き合いでクロリスの化粧品を使ってるらしいけど、『十歳はお肌が若返る。もうほかの化粧品は使えない』って言ってたし。詩織姉ちゃんも、『クロリスは値段の分だけ発色がいい。カバー力も全然違う』って、絶賛してたっけ」

「や〜っぱHIBIKIもコレ使ってんのカナ〜？　功一も試してみれば？　今よりお肌ツルツルになって、オーサワも喜ぶかもよ？」

イタズラっぽくウインクしながら笑う啓介に、功一も苦笑した。

「まだキャンペーン終わってない？」

「終わってないよ。コーイチもＨＩＢＩＫＩのクオカード応募すんの？」

「もちろん応募するよ。ファンなんだもん。ＨＩＢＩＫＩの写真が載ってるなら、その雑誌とチラシだけでもゲットしなきゃ」

「オーサワが妬くんじゃね〜？」

「バレなきゃ大丈夫。教えてくれてありがとう。みーくんを迎えに行く前に買ってくるから、それまでに帰ってね」

「うわ、冷てー。それがわざわざ教えに来てあげたオレ様に言うことなの？」

「もちろん、お昼くらいはご馳走《ちそう》するって」

トーゼンだろうと文句を言いつつ、啓介は昼食を食べて帰っていった。

◇　◆　◇

ある晩いきなり、いつもと違う化粧品が洗面台に置かれていた。

買っておいてくれと頼んだのは、違うローションだったのに。なぜ、よりにもよって、これを買ってきたのだろう？

クロリスのメンズコスメ、『エコー』シリーズの高級品『スプレマシー』。

功一がこれを買った理由を考えると、なんとなく気分が悪い。

まさか会社の女性たちが噂していたように、ＨＩＢＩＫＩのクオカード目当てで買ったわけではないと思うが。間違いなく、ＨＩＢＩＫＩが宣伝しているから買ったに決まっている。

そんな理由で買った商品を使いたいとは思えないのだが、まだＨＩＢＩＫＩに嫉妬していると思われたくないから、明彦は黙って使うことにした。

悔《くや》しいが、愛用していたローションより使い心地がいい。

商品に文句をつけることもできなかったので、ますますイライラが募《つの》るばかりだ。

そう。この頃明彦は、とても機嫌が悪い。

なぜなら功一が、毎日楽しそうに家事をしながら、あの歌を口ずさんでいるからだ。

思い出すのも忌々《いまいま》しい、『エコー』シリーズのＣＭソング。

明彦はそれを笑って聞き流しているが、本音を言えば面白くない。とても。

若い世代が好む歌など、難しくて好きになれないが、【ＳＥＶＥＮＴＨ　ＨＥＡＶＥＮ】は特別大嫌いだ。

理由は明白。一緒に風呂に入ったとき、光彦がショッキングな情報を流してくれたから。

「こーぃちくん、あのかおで、こんなびせーで、おうたがうまくて、さいのうあるなんてステキって、こんなんしてたよ」

光彦はそう言って、可愛らしく胸の前で両手を組んで、瞳を潤《うる》ませる真似をしたのだ。

明彦の脳は、そのセリフと仕草を功一のものに変換し、エンドレスで再生した。

『あの顔で、こんな美声で、歌が上手くて、才能があるなんてステキ……』

とどめを刺された明彦は、深く落ち込んだ。

（どうせ僕は下手《へた》な演歌しか歌えないよ！）

明彦は別に『演歌が好き』というわけではない。『上手く歌うことはできなくても、演歌ならとりあえず、どうにかメロディーを追える曲がある』というだけだ。

明彦の歌の下手っぷりを、功一が秘かに不満に思っているのは気づいている。

なんとなく、自分の音程が外れているような自覚はあるから、直そうと努力はした。

イヤホンを使ってこっそり歌を覚え、一人でカラオケボックスに通って練習したのだ。

しかし、いくら頑張っても、音楽的な才能に恵まれなかった明彦には、一人で音痴《おんち》を克《こく》服《ふく》することができなかった……。

本当は明彦だって、カッコよくラブソングを歌って、功一に『明彦さんステキ♡』なんてうっとりされてみたい。可愛らしく胸の前で両手を組んで、瞳を潤ませながら——。

メラメラと燃える嫉妬の炎をコンプレックスが煽り立て、明彦はこれまで以上に、クロリスの美形モデルに反感を抱いた。

◇　◆　◇

啓介からの情報通り、しばらくすると、【SEVENTH HEAVEN《セブンス ヘヴン》】が歌番組やトーク番組に出演するようになった。

明彦のCG疑惑は見当外《けんとうはず》れもいいところ。テレビに出ているHIBIKIは、CMやポスターとまったく同じ顔だ。

トーク番組の司会者が、「んまー、あなたすごくお肌がきれいねぇ」なんて驚きの声を上げるほどの美肌の持ち主で、HIBIKIはニッコリ笑って「クロリスの製品を愛用していますから」と返していた。

やはりクロリスの御曹司だという噂は本当で。でも、跡継ぎは長男に決まっていて、HIBIKIはこのまま芸能界入りするようだ。

お坊ちゃまだからか、話し方も仕草も優雅でおっとりしていて、『白馬に乗った王子様』という形容がピッタリ。

そんな響を、ほかのメンバーが騎士《ナイト》みたいに護《まも》っている——みたいな関係らしい。

ギタリストのＡＫＩＲＡ《アキラ》は、ほかのメンバーに『ワガママ女王様』呼ばわりされているが、彼が最もＨＩＢＩＫＩに心酔《しんすい》し、ＨＩＢＩＫＩのために現在のメンバーを集めた。猫系の美人ＡＫＩＲＡと、クールで凛々《りり》しい顔立ちのベーシストＳＥＩＪＩ《セイジ》は、ＨＩＢＩＫＩとは幼馴染《おさななじ》みで、幼稚舎《ようちしゃ》からの付き合いらしい。ご両親が音楽家だというキーボードのＷＡＴＡＲＵ《ワタル》は、ＡＫＩＲＡの従兄《いとこ》。ピアノ科に在学中の音大生だ。

ワイルドな雰囲気のドラムスＴＯＨＭＡ《トーマ》も、ＷＡＴＡＲＵと同じ音大に通っている。メディアに露出《ろしゅつ》する前から活動していた【ＳＥＶＥＮＴＨ　ＨＥＡＶＥＮ】は、これまでメンバーの知り合いのようなファンの予約販売だけで、チケットが完売していた。

しかし、ついに大手レコード会社からのＣＤデビューが決まり、夏休みに入ってすぐ、初のライブツアーを決行することになった。そのデビュー記念ライブの前売り券発売日が近いので、いろんな番組にゲスト出演し始めたのだ。

功一はテレビを見ながら、ワクワクするような嬉しさと、物悲しい気分を同時に味わっていた。

「……いいなぁ……。俺も【ＳＥＶＥＮＴＨ　ＨＥＡＶＥＮ】のライブに行って、ＨＩＢＩＫＩの生歌を聴いてみたい。でも……みーくんがまだ小さいから、夜一人でフラフラ遊びに行くなんてムリだし。明彦さんが稼いだお金で、俺一人が夜遊びするためのチケットなんて、いくらなんでも買えないよ」

行ってみたい。

でも、行けないだろうと諦めていたのだ。


ところが。夏休みを前にして、思わぬチャンスが舞い込んできた。

光彦を幼稚園に送ってきた直後のことだ。

「よ、コーイチ。ちょっといい？」

まるで功一が帰宅するのを待っていたようなタイミングで、隣に住む啓介がやってきて、リビングに腰を落ち着けた。

「どうしたの？　今日は大学お休み？」

「いや、午後から講義があるんだけど……コーイチに話があってさ」

普段はハッキリものを言い過ぎるくらいの啓介が、何か迷っている様子で、功一の顔色を窺《うかが》っている。

「……コーイチさ、やっぱ、夜一人で出かけるなんてムリだよなぁ？」

「そりゃ、状況にもよるけど……」

「もし出かけられるなら、オレとライブ行かない？」

「ライブって……啓介くんと二人で？」

「うん。急にトモダチが行けなくなって、チケット一枚余ってるんだ。コーイチも好きだってことは判ってるから、一応聞くだけ聞いてみたほうがいいかな～と思って」

「俺も好き……って……、まさか……」

その『まさか』だ。

「【SEVENTH　HEAVEN】のファーストライブツアー、皮切りライブなんだけど。場所は近いし。休日の夜だから、オーサワがミーの子守をしてくれたら、行けないこともないんじゃないかなぁ～と思ってさ」

突然の誘いに、功一は、嬉しいけれど戸惑った。

「でも……チケットが余ってるなら、平井さんを誘ってあげたほうがよくない？　平井さんも、俺や啓介くんに負けないくらい、ＨＩＢＩＫＩのファンだし……」

功一がそう言うと、啓介は微妙な顔で苦笑する。

「かーちゃんは年甲斐《としがい》もなく、都内でやるツアー初日と最終日の、ライブチケットを押さえてるよ」

「……すごい。すぐにソールドアウトして、みーくんのお友達のママさんの中には、『チケットを買えなかった』って嘆《なげ》いてた人もいるのに……」

「若い頃仲よかった女友達と組んで、発売と同時に電話かけまくったらしいよ。オレより整理番号早いチケット持ってんの！　なーんかクヤシイ！」

功一は平井親子のパワーに圧倒されて言葉もない。

「オレと一緒に行くはずだったヤツは、大阪のライブ友達と人海《じんかい》戦術でチケット取って、関西方面もおっかけするんだ。地元も最終日は行くらしいから、遠慮しなくていいよ。もしコーイチがムリなら、ほかのヤツを誘ってみるけど。コーイチが行けそうなら、引っ越しの片付けを手伝ってくれたお礼に、費用は全部オレが奢《おご》るよ。どうする？」

余っているチケットがあって、啓介が一緒に連れて行ってくれるなんて——功一にしてみれば、願ってもないラッキーなお誘いだ。

すごく行きたい。行きたくてたまらないけど、自分の立場を考えると、今すぐには答えられない。

事情をすべて理解している啓介は、功一を安心させるような笑顔で言う。

「明日の朝までに返事くれればいいよ。待ってるから」

「解った。今夜ライブの件を明彦さんに相談して、朝までに電話かメールで連絡するよ」

ライブに行くのはムリだと諦めていた。

なのに、突然こんなチャンスに恵《めぐ》まれると、行きたい気持ちがどんどん膨《ふく》れ上がって、どうしようもなくなってしまう。


その夜、功一はずっとソワソワしていた。

いつもの時間に帰宅した明彦は、すぐ功一の異変に気づいて、心配そうに問いかける。

「どうしたんだい、功一くん？　何かあったの？」

早く相談したい。しかし、ライブに行けるのは自分一人。となると、光彦が寝たあとで話すほうがいいだろうと思い直した。

「あとでお話しします」

そう言ってチラと光彦に目をやれば、明彦は納得し、いったん話を切り上げた。

7. ライブに行ってもいいですか？

長い一日がようやく終わろうとしている。

普段通り、最後に入浴を終えた功一は、バスルームからリビングに移動し、明彦が座っているソファーに並んで腰を下ろした。

「明彦さん。お願いがあるんです」

そう言って上目遣いで顔色を窺《うかが》うと、明彦も功一を見つめて相好《そうごう》を崩す。

「君からの『お願い』なんて珍しいね。いったいなんのおねだりだい？」

甘い声で尋ねられ、功一は思い切って明彦にお伺《うかが》いを立てた。

「実は……啓介くんの友達の都合が悪くなって、チケットが余ってるらしいんですけど。今度の週末、啓介くんと二人でライブに行ってもいいですか？」

すると、柔らかな笑みを浮かべていた明彦の顔が、一瞬にして能面《のうめん》のように表情を失くして凍りつく。

しかし、どうにか苦しい笑顔を取り繕《つくろ》って、聞き返してきた。

「ライブって、なんのライブだい？」

「【ＳＥＶＥＮＴＨ《セブンス》　ＨＥＡＶＥＮ《ヘヴン》】です」

功一がそう答えると、今度はもっと顔がこわばり、見ているほうがビックリするほどショックを受けている。

ロックバンドのライブに行くくらいで、ここまで動揺するなんて——いくらなんでもオーバーすぎるだろう。

またＨＩＢＩＫＩにヤキモチを焼いているのかもしれない。

功一はフォローのつもりで言い訳した。

「俺、ロック好きだし。たまにはライブハウスへ遊びに行って、一緒に歌って、生の音楽を思いっきり楽しみたいんです」

すると明彦は、しょんぼりと肩を落として力なく言う。

「そうだね……。君にはいつも光彦の子守ばかりさせて、ろくに遊びに連れて行ってあげられない。遊びに行くといっても、僕は今時の若者が好む遊び場が苦手だ。君が好きなカラオケボックスも、ゲームセンターも、ロックバンドのライブも、場違いな気がして行く気になれないんだよ。こんなオジサンと家で子守をしながら過ごすより、若い啓介くんと二人でライブに行くほうが、きっと楽しいんだろうね……」

「どうしてそうなるんですか！」

明彦が十歳の年齢差を気にしていることは、功一もよく知っている。

だから功一は、『あなたがいい』と、何度も言葉で伝えてきた。

なのに、まだこんな卑屈《ひくつ》なことを言われるとは――悲しすぎる。

「俺はあなたと一緒にいられるだけで楽しいし、みーくんの子守も、したいからしているんです。だからライブに行きたかったけど、チケットを買おうとはしなかった。でも、行きたかったライブのチケットが余ってて、『引っ越しを手伝ってくれたお礼に、タダで連れて行ってあげる』なんて言われたら、やっぱり心が揺れるでしょう。だから聞いてみただけです」

思わずそう反論すると、明彦は険《けわ》しい表情で功一を怒鳴りつけた。

「君が【SEVENTH　HEAVEN】のライブに行きたいのは、HIBIKIが歌うバンドだからだろう!?　遠回しな言い訳なんかしなくていい。HIBIKIが好きだからライブに行きたいって、ハッキリ言ったらどうだ!?」

「それ……どういう意味ですか!?」

「そのまんまの意味だよ！　僕がローションを買ってきてくれと頼んだときも、君は僕が頼んだローションではなく、HIBIKIが宣伝しているスプレマシーを買ってきた。この頃、君自身もレジェンドのコスメを使っているよね？　もしかして、ＨＩＢＩＫＩのクオカードプレゼントに応募したくて、わざと僕が指定したのと違う商品を買ったんじゃないのかい⁉」

図星を刺された功一は、思いっきり動揺してしまう。

それを見て、明彦はますますショックを受けた。

「……やっぱりそうか……。もしかしたらと思っていたけど、君は僕に隠《かく》れて、ＨＩＢＩＫＩグッズをコレクションしているんだね？　抱かれたい男ランキングが載っていた雑誌も、平井さんに借りたなんて嘘なんだろう⁉　あれは君が買った本なんだ！　正直に言ったらどうだい⁉」

そんなふうに言われたら、功一は居直《いなお》るしかない。

「好きな芸能人の写真が入った雑誌やグッズを集めるくらい、いいじゃないですか。エロ系のホモ雑誌やホモビデオを集めているわけじゃあるまいし」

「うわぁーっ‼　君の口からそんな言葉は聞きたくなーいッ！」

耳を塞いで大騒ぎする明彦は、まるで夫が秘蔵《ひぞう》のエロビデオを発見して、『私と言うものがありながら、こんなもの見てるなんて不潔《ふけつ》よ！』と大騒ぎする妻のようだ。

明彦がここまで拒絶反応を示すとは思わなかった。

そんなにイヤなら、しょうがない。明彦に嫌な思いをさせてまで、遊びに行きたいとは思わないから。

功一は、淋しい気持ちで明彦に伝えた。

「行けるものならライブに行ってみたかったけど、あなたが『行くな』と言うなら諦めます。そのつもりで、明日の朝まで返事を待ってもらってるんです。啓介くんには、『やっぱり行けない』ってメールしておきますから」

もしかしたら、ライブに行けるかもしれない。そんな夢を見られただけでも、啓介には感謝している。

でも、一緒に行けたらどんなに楽しい時間が過ごせただろう。

そんな未練《みれん》が思わず顔に出たのだろうか。明彦はひどく困惑しながら、功一をじっと見つめている。

◇　◆　◇

ライブには行かないと、功一は言った。

なのにどうして、ちっとも嬉しくないんだろう？

それは功一が、自分の望みを我慢《がまん》して、諦めてしまったからだ。

誰よりも幸せにしてあげたい最愛の人に、こんな悲しい顔をさせているのが自分だなんて――これほどつらいことはない。

功一はいつだって、明彦と光彦のために、精いっぱい尽してくれている。

今まで一度でも、彼が我儘を言ったことがあるか？

功一は控《ひか》え目で、おとなしくて、優しくて、生真面目《きまじめ》な性格だ。啓介に誘われなければ、光彦を放って遊びに行こうだなんて思わなかっただろう。

ありもしない現実を想像するのはバカげているが、もし功一が、四年前の春に明彦と出会っていなければ――。

妻子ある身だった明彦と出会って、恋に落ちたりしなければ、功一は今も大学に通っていた。誰に気兼《きが》ねすることもなく、一人でどこでも自由に遊びにいけたのだ。それを思うと、罪悪感で胸が苦しくなってしまう。

功一の人生を狂わせた上に、自由まで奪っていいのか？

諦めるなんて悲しい言葉を言わせても、後悔はしないか？

彼の笑顔を曇らせるような我慢を強《し》いて、お前はそれで本当に満足なのか？

心の中で何度も自問自答した結果、答えは『NO』と出た。

本当に愛しているなら、自分のエゴで振り回してはいけない。

明彦は苦渋《くじゅう》の思いを噛み締めながら言う。

「……断らなくていいよ。僕がどうかしていたんだ。ライブに行っておいで」

しかし功一は、静かに首を横に振る。

「俺にとっては、【SEVENTH HEAVEN】のライブに行くより、明彦さんが笑顔でいてくれることのほうが、ずっと大切なんです」

「それは僕だって同じさ。君がそんな淋しそうな顔をしていたら、笑顔になんかなれないよ」

明彦は静かな声で、今の正直な気持ちを言葉にした。

「本音を言えば、僕は君に、一人で遊びに行ってほしくない。いつだって僕のそばにいてほしいんだ。当然だろう。でも、それが僕の身勝手な我儘だということも、よく解ってる。ついヤキモチを焼いてバカなことを言ったけど、僕は君の足枷《あしかせ》になりたいわけじゃないんだよ。僕や光彦のことは気にしないで、君がしたいことをすればいい。啓介くんとライブに行って、思いっきり楽しんでおいで。君が最高の笑顔で帰ってきてくれたら、僕もきっと笑顔になれるから」

功一は、信じられないと言いたげな顔で、念を押すように明彦に尋ねる。

「……本当に、いいんですか？」

「いいよ。その代わり、必ず僕のところへ戻ってきてくれ。君がそばにいてくれないと、生きていく張り合いがなくなってしまう」

やせ我慢の笑顔を浮かべてそう答えると、功一もやがて笑顔になった。

「当たり前です。俺が心から愛しているのは、明彦さんだけなんだから……」

「僕が愛しているのも、功一くんだけだよ。君より僕の愛のほうが、ずっと深くて広くて大きいんだ」

自信たっぷりにそう言ってやったら、功一は可愛らしいふくれっ面《つら》で文句を言う。

「そんなことないですよ。絶対俺のほうが、あなたを深～く愛してます」

「そんなはずはない。僕は功一くん一筋だ。どんなにきれいで可愛いアイドルタレントがテレビに出ていようと、絶対に目移りしないし。生涯君だけに夢中でいられる自信があるんだからね」

君は美形に見惚れてしまうだろう？

無言の皮肉に、功一はこれ以上反論できず、困った顔をしている。

「こんなヤキモチ焼きのマニアな男でも、君は心から愛してくれるの？」

「対象が俺なら、問題ないですよ。あなたのマニアぶりは、とっくに承知していますから」

「だったら今夜も、とことん君に熱狂するよ？」

「いくらでも熱狂してください。俺は……そんな激しいあなたも好きですよ？」

「言ったね？　じゃあ証明してもらおう。僕のベッドに強制連行だ」

明彦は浮かれて功一を抱き上げ、自分の寝室へ運んでいく。

◇　◆　◇

明彦の腕に花嫁抱きで抱きかかえられ、功一はちょっぴり困った顔をしながらも、内心ひどく喜んでいた。

（やっぱり明彦さんは、ステキな旦那さんだ……）

やきもち焼きですぐ拗《す》ねるけど、いつだって功一を愛し、功一のことを考え、功一の意思を尊重して、大切にしてくれる。

だから功一は、何かある度、もっともっと明彦のことを好きになっていく。

たとえ歳を取ってシワシワ、ヨボヨボのお爺《じい》ちゃんになっても、ずっと同じ気持ちで明彦を愛せるだろう。

明彦もまたそうであると信じられるから、生涯をともに生きると誓ったのだ。

寝室に入って鍵をかけるなり、明彦は功一をベッドに下ろし、『離すものか！』と言わんばかりに強く抱きしめる。

「愛しているよ、功一くん。本当に……君のいない人生なんて、考えられない……」

功一は穏やかな微笑を浮かべて明彦を抱き返した。

「俺だって、あなたのいない人生なんて考えられません。何があっても、あなたについて行きます。みーくんが独り立ちしてあなたのもとを離れても、俺だけはずっと、死ぬまであなたと一緒ですよ」

「死んでも離さない」

「望むところです。二人仲よく白髪《しらが》になるまで一緒に暮らして、もしあなたが俺より先に死んだときは、俺の守護霊になって、ずっと見守っていてください」

「もちろんだ。君に近づく悪い虫は、片っ端から退治してやる。友達は大勢作って構わないけど、僕以外の伴侶《はんりよ》は認めない。これだけは……僕の我儘を聞いてくれ」

駄々《だだ》っ子のような口ぶりに、功一は思わず苦笑を漏らす
「あなたほど愛せる人なんて、どこにもいません。それくらいの我儘、可愛いものですよ」

そして、そっと明彦の背中を愛撫しながら、真心込めて囁く。

「大好き……。世界中で一番、あなたが大好きです」

「僕も大好きだよ」

互いを見つめる瞳と瞳。

どちらからともなく重なり合う、微笑みの形に緩《ゆる》んだ唇。

キスの合間にこぼれるのは、含み笑うような甘いため息。

そして明彦は、長いキスのあとで言う。

「功一くん。僕は君が可愛くてたまらない。だから首にリードをつけるような真似はすまいと決めたけど、せめて鈴をつけるくらいは許してくれ」

明彦は功一の胸元を開いて、痛いくらいのキスをする。

くっきりとついた赤い痕は、おそらく当分消えないだろう。

「やだ……これじゃライブのとき、襟《えり》ぐりの大きい服は着られないじゃないですか」

功一が文句を言うと、明彦もムッとした声で言い返す。

「そんなの着なくていい」

「会場は、熱気でムンムンするんですよ？」

「冷却《れいきゃく》シートを持っていきなさい」

「明彦さんの意地悪！」

「意地悪だよ。だからもっといっぱいつけてやる」

ニヤリと笑って、明彦は功一の胸にキスの雨を降らせていく。

「ああんっ、もう……ダメぇ……」

「そんなこと言われたらショックだな。もっと意地悪したくなって、首にもキスマークをつけてしまうかもしれないよ？」

「そんなぁ……」

「じゃあ、どこにキスしてほしいか言ってごらん。そうしたら、そこにキスしてあげる」

功一はためらいながら、甘えた声でおねだりする。

「Tシャツを着ていれば、絶対見えないところ……。お願いだから、見えないところにしてください」

「見えないところ？　例えばここかな？」

明彦はニヤニヤしながら、功一の胸の突起《とっき》に吸いついた。

「ああんっ！」

舌先で先端をくすぐって、舐めて転がし、また強く吸う。

反対側も指で摘《つ》まんで捏《こ》ね回し、感じて震える功一の反応を楽しんでいるようだ。

こんなふうにされていると、功一の体は熱く疼《うず》いて切なくなる。

下着の中で自己主張する欲望を明彦に気づかれ、笑われてしまった。

「光栄だな。ちょっと可愛がってあげただけで、こんなに感じてくれるなんて」

功一は恥《はじ》らいながら言い訳する。

「……だって、あなたに愛されていると思うと、それだけで嬉しくて……」

突然、功一を抱きしめる腕の力が強くなって、いきなり唇を塞がれた。

貪《むさぼ》るように深く長いキスのあと、ようやく唇を離した明彦が甘く囁く。

「本当に君は、なんて可愛いことを言うんだろう。これだから僕は、君を愛さずにはいられないんだよ」

「愛してください。いっぱい、愛して……」

その答えに満足した様子の明彦は、功一を愛撫しながらパジャマを脱がせていく。

解放された欲望は、勢いよく飛び出して、明彦を喜ばせた。

「元気がいいね。これなら今夜は、たっぷり楽しめるだろう」

明彦はそこにもディープなキスをして、功一を翻弄《ほんろう》する。

「あ……っ、あっ、あっ、ダメ！　イッちゃう……！」

「いいよ。達《い》っても」

囁きながら、明彦は舌先で先端を刺激し、宝物を愛《め》でるように功一の分身を愛撫して、逐情《ちくじょう》を促《うなが》した。

功一はたまらず、快楽の飛沫《しぶき》を迸《ほとばし》らせる。

それを潤滑剤《じゅんかつざい》にして、明彦の指が功一の尻の谷間の小さな窪《くぼ》みの中に分け入ってきた。

「ん……っ」

バイブレーションを伴《ともな》う指先に粘膜《ねんまく》をくすぐられ、功一の唇から甘い吐息がこぼれていく。

「気持ちいいかい？」

「ん……、いい……」

そこは功一が最も感じる場所だ。明彦に触れられ、淫《みだ》らな刺激を加えられると、身も心も昂ぶって、明彦が欲しくてたまらなくなる。

「あ……もっと……」

しがみついて切なげに身を捩ると、明彦が優しく微笑んだ。

「もっと激しく動かしてほしい？　それとも、もっとたくさん？　奥まで？」

功一は震える声で「全部」と答えた。

「……全部、して……。もっと激しく、たくさん、奥まで……」

「可愛い君が望むなら、喜んで叶《かな》えてあげるよ」

明彦は指を増やして、激しく、根元まで指を入れて功一の内部を掻き回す。

「ああんっ、そこ、イイ……」

官能に揺り起こされた分身は、再び天を衝《つ》いている。

明彦はそれを銜《くわ》え、前後同時に責め立てて、功一を快楽の淵《ふち》へ追い込んでいく。

「ん……っ、ああ……っ！　あ……」

功一は二度目の絶頂を迎え、ぐったりと体を弛緩《しかん》させている。

明彦はそんな功一に「愛している」と甘くささやき、挿入の体勢を取った。

ゆっくりと中に入ってくる、たくましい明彦の欲望。

愛《いと》しい男の昂ぶりに身を裂かれる苦痛すら、今の功一には悦《よろこ》びでしかない。

「はあぁ……」

啜《すす》り泣くような、長く尾を引くため息がもれる。

「苦しいかい？　もっとゆっくりしたほうが……」

「いい……」

功一は頭を振って「もっと」とねだった。

「……もっと、あなたを、感じさせて……」

明彦は安心したように微笑み、功一の頰にそっと口づける。

「こうして、僕に愛されるのが好き？」

功一はためらうことなく答えた。

「好き……。あなたに、愛されるのが好き……。あなたじゃないと、ダメだから……」

明彦の笑みが深くなり、そっと功一の唇をキスで塞ぐ。

「僕も好きだよ。こんなふうに愛したいのは君だけだ」

囁きながら、明彦がゆっくりと腰を使い始める。

「ああんっ、明彦さ……ん……」

功一は蕩《とろ》けるような甘い声で喘《あえ》ぎ、ギュッと明彦の首にしがみつく。

明彦はそれに答えるように、動きを激しくしていった。

功一の官能《かんのう》を煽るように。

もっと深く激しい快楽を引きずり出すように。

「あっ、あっ、ああっ、アアアアッ……！」

明彦の恋の情熱に穿《うが》たれ、体の奥まで突き上げられて。これでもかと揺さぶられて、功一は目が眩《くら》むほどの快楽に酔い痴《し》れる。

ついに明彦に貫かれたまま、三度目の絶頂を迎えた。

少し遅れて明彦も、功一の中にあふれる想いを注ぎ込む。

抱き合ったまま、明彦が労《いた》わるように功一の体を優しく愛撫してくれる。それだけで、功一の胸は幸福感でいっぱいに満たされた。

しかし、明彦はまだ足《た》りないらしい。優しい愛撫が次第に淫らな熱を帯《お》びてきた。

横たわる功一を背後から抱き、片手で胸をまさぐって。反対の手でそっと片脚を持ち上げるや、その隙間から足を絡ませ、ゆっくりと腰を双丘《そうきゅう》に押しつけてくる。

すでに回復している明彦の昂ぶりが、谷間の窪みを捉《とら》えて中へ入ってきた。

「ああんっ！」

明彦はつながった部分を緩《ゆる》やかに突き上げながら、今度は両手で功一の胸の小さな突起を弄《もてあそ》ぶ。

「今夜はゆっくり時間をかけて愛してあげるよ」

優しく突かれているうちに、萎《な》えたはずの欲望がまた、むっくりと身を起こし始める。

そうなるともどかしくて、功一も突きにあわせて腰を揺らさずにはいられない。

「明彦さん、もっと……！」

もっと激しくしてほしい。

そんな功一の望みに応えるように、明彦は功一の脚を抱《かか》えて動きを激しくしていった。

横臥《おうが》したまま脚を肩に抱えられ、奥まで激しく突き回されて、気が遠くなりそうだ。

何度絶頂を迎えたか判らない。

明彦もまた、功一の中で何度も果《は》てた。

◇　◆　◇

腕の中にいる愛しい存在――その温《ぬく》もりを感じていると、明彦の胸は至福《しふく》に満たされる。

「また、やりすぎてしまったな……」

普段はなるべくセーブしているつもりだが、心が震えるような嬉しいことを言われると、ついリミッターが外れてしまう。

意識を飛ばして夢の中にいる功一の顔を眺《なが》めていると、うっかり時間を忘れそうだ。

いっそこのまま抱きしめて、一緒に眠ってしまいたい。

けれど、朝になったら光彦が目を覚《さ》ます。その前に、功一を彼の部屋へ連れて行ってあげなければ。

明彦はお湯に浸《ひた》して絞ったタオルで功一の体を拭《ふ》き、パジャマを着せ、抱きかかえて部屋を出た。

そして功一の部屋のベッドにそっと彼を横たわらせ、布団をかけて立ち去りかけて、ふと思い出す。

《行けるものならライブに行ってみたかったけど、あなたが『行くな』と言うなら諦めます。そのつもりで、明日の朝まで返事を待ってもらってるんです》

「明日の朝、何時までに返信する約束なんだ？」

ほぼ間違いなく、明日は功一がいつも通りに目を覚ますのはムリだろう。

目覚ましをかけて無理やり起こすのも可哀想だ。自然に目が覚めるまで、このまま寝かせておいてやりたい。

「僕が代わりにメールしておくか」


明彦は自分の部屋に戻って、携帯電話でメールを打った。


功一くんをSEVENTH　HEAVENのライブに誘ってくれたんだって？

とても喜んでいたよ。感謝する。

僕はロックバンドのライブなんて連れて行ってあげられない。

歳の近い君となら、心置きなくライブを楽しめるだろう。

啓介くんが一緒なら、しっかりエスコートしてくれると信じている。
二十四時の鐘が鳴るまで、功一くんをよろしく。頼んだよ。

8. 最高に熱い夜

翌朝、功一はとんでもなく寝過ごした。

ハッと目覚めて時計を見ると、時計の針は三時を示している。

「今何時⁉」

「夜中の三時じゃないよね？」

カーテンの隙間《すきま》からは、眩《まぶ》しい日差しがうっすらと漏れているのだ。どう考えても午後三時に違いない。

慌てて部屋を出て、向かった先はリビング・ダイニング。

ダイニングテーブルの上には、明彦が残した書置きがあった。

『光彦は僕が幼稚園に連れて行く。迎えは啓介くんに頼んでおいた。君は何も心配せず、ゆっくりお休み』

とりあえず、心配の種が一つは消えたが、もう一つの気がかりが心に重くのしかかる。

「啓介くんに、メールしそびれた……」

今朝までに返信しなかったから、啓介はほかの誰かを誘ってしまっただろうか？

ガックリ放心していると、来訪者を知らせる音がした。

「よース、コーイチ～！　ミーを連れて帰ってやったぞ～！」

慌てて玄関の鍵を開けると、啓介は光彦と一緒に、遠慮なく上がりこんでくる。

「昨夜はイロイロ大変だったみたいだネ。ダンナからメールもらって、オレは背筋がサムくなったヨ」

啓介の言葉に、功一はギョッとした。

「メール？　明彦さん、啓介くんにメールしたの？　背筋が寒くなるって、いったいどんなこと書いてたの？」

「見る？」

見せてもらった内容は、ごく普通のお礼状だ。

「これのどこで背筋が寒くなったワケ？」

「まずここ」

と啓介は、『とても喜んでいたよ。感謝する』という行《くだり》を指差した。

「『この野郎、余計なことをしやがって！』という本音が、そこはかとな～く滲《にじ》み出してる」

「ええっ!?　考えすぎじゃない?」

啓介は無言で首を横に振り、続いて『僕はロックバンドのライブなんて連れて行ってあげられない。歳の近い君となら、心置きなくライブを楽しめるだろう』という辺《あた》りを指先でなぞる。

「『何がライブだ。若いからって、チョーシこんてんじゃねーぞ！』っていう怨念《おんねん》が、ヒシヒシと感じられる」

「言いがかりだよ」

「うんにゃ。最後に『何かあったら承知しねえぞ！　日付が変わるまでに、キッチリ送り返せ！　解ったか、この野郎！』って書いてあるじゃん！　オレ、これを打ってたオーサワの顔を想像しただけでビビリまくったよ」

功一はそれを聞いて、呆《あき》れてしまった。

「啓介くん、誤解してるよ。明彦さんは、理解ある優しい人なのに……」

「アバタもエクボと申しましてねぇ……。コーイチにゃ、ワカンネェだろーなぁ……」

逆に呆れたように肩を竦《すく》めてため息をつかれ、功一はさすがにムッとしてしまう。

「まあなんにせよ、ダメって言われなくてよかったじゃん。オリャーてっきり、オーサワは『行くな』って言うんじゃないかと思ってた」

そこで不意に、じっと二人の会話を聞いていた光彦が、不満げな顔をして言う。

「こーぃちくん、みーくにナイショでおでかけするの？」

「えっ⁉」

うろたえた功一を指差して、光彦が喚《わめ》きだす。

「そのかおは、やっぱりどこかへいくんでしょ⁉　みーくもいっしょにつれてって〜‼」

そこで啓介が光彦を窘《たしな》めた。

「ムリだよ、ミー。俺たちが行くのは、オトナの遊び場なの。チケットがないと入れないんだ。おとなしく留守番してろって」

功一は非難するような眼差しで、何か言いだけにじっと啓介を見つめている。

光彦は啓介に食《く》ってかかった。

「なんでよぉ〜っ！　なんでみーくをおいて、ふたりだけであそびにいくのぉ〜⁉　ケースケくんのばかぁ〜っ！　ひぃ〜ん！」

涙を流して文句を言い、啓介にしがみついて体を揺さぶり、全身で不満を訴える光彦。

その小さな体を、功一はギュッと抱きしめて、優しい声で根気《こんき》よく言い聞かせる。

「ごめんね、みーくん。チケットは一枚しか余ってないから、パパもみーくんとお留守番なんだよ。みーくんを置いて行くつもりはなかったんだけど、チケットをもらえることになったら、どうしても我慢できなくなっちゃった。今回だけ、俺の我儘を聞いて。お願い。一度でいいから、憧れのライブステージを観《み》て、生の音楽を聴いて、楽しんできたいんだ」

光彦は拗《す》ねた顔でベソをかき続けているが、暴れるのをやめた。

「こーぃちくん、ライブいくの、たのしみ？」

ポツリと呟く光彦に、功一は静かに頷いて答える。

「うん。本当はね、ライブとか、劇場とか、行きたいところはたくさんあるの。でも、小さい子を連れて行けないから、行きたくても我慢してる。いつかみーくんが大きくなったら、一緒に行こうと思って。その日が来るのを楽しみにしてるんだよ。ただ……みーくんが大きくなる前に解散しちゃったら――もう、そのバンドのライブには行けない。だから、一度でいいから行ってみたいんだ」

口をへの字に曲げたまま、黙って話を聞いていた光彦は、やがて固く結んでいた口を開いた。

「こーぃちくんがいきたいなら、みーく、おるすばんする……」

今は光彦も、言って解らない年齢ではない。まっすぐに気持ちを伝えれば、理解して、相手の気持ちを思いやってくれる。

「ありがとう、みーくん。大好きだよ」

いつか本当に、光彦をライブに連れて行ってやりたい。功一は心の底からそう思った。

明彦はあまり音楽が好きではないようだが。光彦はよく歌を歌っている。

最後まで覚えられなくて、忘れたところを創作してしまうし。明彦の上手くない歌を聞かされて育ったせいか、決して上手くはないのだが。

幼い子供は、メロディーの輪郭《りんかく》だけしか認識できないものだし。耳の発達は三歳から四歳くらいがピークだと聞く。

六歳までは声を出す器官ができあがっていく時期らしい。

光彦はまだ四歳。習い事を始めるには、今が一番いい年頃だ。今からちゃんとレッスンすれば、それなりの音感を育てられるだろう。

音楽を聴く喜び。大きな声で歌う喜び。全身で音を感じて、体で表現する喜び。それを光彦にも教えてあげたい。

たくさんの喜びを知って、この子が幸せな人生を歩《あゆ》めますように――そんな願いを掌《てのひら》に込めて、功一はそっと、優しく光彦の頭を撫でていた。

明彦は、てっきり光彦がダダをこねるに違いないと思っていた。

だが、功一が啓介とライブに行くことを知っているようなのに、平気な顔をしている。

「……どうしてだ……？」

これでは功一に当り散らした明彦が、一番大人気ないということになるではないか。

納得できない気分だったが、『連れて行って』と騒がれるよりマシかと思い直した。

◇　◆　◇

（……それにしても、面白くない……）

子持ちの明彦には、功一と二人きりでデートする機会なんて、滅多《めった》にあることではないのに。

なぜ、功一が啓介と二人で出かけるために、いそいそとお洒落《しやれ》している姿を、指を銜えて見ていなければならないのか――。

（ＳＥＶＥＮＴＨ　ＨＥＡＶＥＮのライブだなんて、啓介くんも、ありがた迷惑な誘いを持ちかけてくれたものだ）

なんだか、だんだん腹が立ってきた。このままでは、精神衛生上よろしくない。

「光彦。パパと公園へ行くか？」

「うんっ！」

むしゃくしゃするときは、光彦と力いっぱい遊んで、憂《う》さ晴《ば》らしするのが一番だ。

（……光彦ぉ、お前はパパの仲間だよなぁ？　僕に似て――いや、もしかしたら僕以上に音痴だから、功一くんや啓介くんみたいに、ロックバンドに夢中になったりしないよな？）

一人ぼっちで置いていかれたら、もっと落ち込んでいただろうが、明彦には光彦がいる。

（頼むから、チャラチャラ歌って踊って格好つけるような、軽い男になるんじゃないぞ？）

不器用でもいい。たくましく育ってほしい。

明彦はそんな願いを心の中で呟きながら、可愛い我が子の手を引いて、公園へ向かった。

◇　◆　◇

玄関先で、公園へ行く二人を見送った功一も、外出着に着替えて家を出た。

お隣の平井家のチャイムを鳴らすと、啓介が待ち構えていたように、玄関のドアを開けてくれる。

啓介はなんだか困った顔をして、言いにくそうに功一に切り出した。

「実はかーちゃんが、『ライブ会場まで一緒に連れてけ』って言ってるんだけど……」

「行先は同じだもん。三人で行けばいいじゃない」

「じゃあ、ちょっと待って。急《せ》かしてくるから」

啓介は「かーちゃん早く！」と声を張り上げ、家の中へ戻っていく。

少し経《た》って現れた平井さんは、普段お出かけするときよりも、かなり気張《きば》ってオシャレしている。

「さ、早く行きましょ！　約束の時間に遅れちゃうわ」

「……って、かーちゃんがノロノロしてたんじゃん！」

「だってＨＩＢＩＫＩ《ひびき》を観にいくのよ！　生のＨＩＢＩＫＩを！　少しでもきれいにして行きたいじゃない！　もし会場周辺で、偶然ＨＩＢＩＫＩと鉢合わせしたらどうするの！」

「アマチュア時代ならともかく、デビュー記念ライブでそれはないっしょ。第一、いくら頑張ってみても、素材はかーちゃんのままなんだよ？　そんなに変わるもんじゃないから」

「まーっ、失礼ね！」

功一は親子喧嘩《げんか》を始めた二人を宥《なだ》めながら、「早く行きましょう。遅れたら大変です」と促した。

ライブ会場は大きなコンサートホールだ。

高校生だった頃、功一は幼馴染みの元カレに連れられて、何度かライブに行ったことがある。

功一が知っている地方のライブハウスと違って、ここでは出待ち・入り待ちしたとしても、HIBIKIはもちろん、メンバーと会える可能性は、まずなさそうだ。

平井さんは友達との待ち合わせ場所に向かい、功一と啓介は、二人で開場するまで時間を潰《つぶ》した。

ライブに来ているらしい人は、圧倒的に女性が多い。

けれど時間が経つにつれて、若い男性の姿も増えてきた。年齢もまちまちで、ファン層の広さが窺《うかが》える。

ライブを前にして、高まっていく緊張感は、心地いい刺激だ。

(こんなワクワクする気持ちを味わうのは、久しぶりかも……)

功一の脳裏を、明彦の言葉がよぎっていく。

『ライブに行って、思いっきり楽しんでおいで。君が最高の笑顔で帰ってきてくれたら、僕もきっと笑顔になれるから』

反対したい気持ちを抑えてそう言ってくれた明彦と、涙を飲んで聞き分けてくれた光彦の優しさに、功一は感謝せずにはいられない。

会場に入って、開演時間を少し過ぎたころ、客席の照明が落とされた。

華々しく惹きつけるようにギターが鳴って、メンバーが次々とステージに出てくる。

定位置についたTOHMA《トーマ》が激しくドラムを叩き、それを合図に、一曲目の演奏が始まった。クロリスのCMに使われていた曲――【LEGEND】だ。

サビの部分をともに歌えと促され、初っ端《しょっぱな》から会場が大きく湧《わ》き返る。

そのテンションで二曲目、三曲目と続き、HIBIKIのMCを挟んで、切ないバラードに切り替わった。

TOHMAとSEIJIが刻《きざ》む確かなリズム。

AKIRAが爪弾《つまび》く、すすり泣くようなギターの音色《ねいろ》。

WATARUが奏《かな》でる、物悲しくも美しいメロディー。

そして、しっとりと情感たっぷりに歌い上げる、ドラマティックなHIBIKIの声。

すべてが見事に調和して、深く心に沁《し》みてくる。

一転して、再びアップテンポの曲に戻り、会場内が熱気に包まれていく。

功一は全身で音楽を楽しみ、声が枯《か》れるほど歌いまくった。


最後の曲が終わっても、アンコールの嵐が収《おさ》まらない。

期待に応えてメンバーが現れ、オマケの一曲——彼らのデビューを飾った【LEGEND】を、別バージョンで演《や》ってくれた。

なんと、AKIRAはギターをバイオリンに、SEIJIはベースをサックスに持ち替えての演奏だ。ほとんどの観客が意表を衝《つ》かれて驚いた。そうでない者は、アマチュア時代からのファンなのだろう。

SEIJIに代わって、ベースを担当したのはHIBIKIだ。どうやら彼は、楽器を弾きながら歌うことに慣れているらしい。

音楽一家に生まれたキーボードのWATARUとAKIRAは従兄弟《いとこ》で、HIBIKIとSEIJIはAKIRAの幼馴染みだから、もしかして、みんな子供の頃からプロの手ほどきを受けているのだろうか。そう思えるほどいい演奏を聴かせてくれた。

ステージから誰もいなくなっても、ＨＩＢＩＫＩの声が、彼らが紡《つむ》ぎ出す音楽が、胸の奥でいつまでも谺《こだま》している。

最高の夜だった。


ライブが終わったあと、平井さんは女友達と積もる話があるとかで、功一たちとは別行動することになっている。

「オレたちは寄り道せずにソッコー帰るぞ。遅くなったらオーサワに殺される……」

「オーバーな……」

「ことない！　急げよ、コーイチ」

啓介に急かされ、大急ぎで帰宅すると、光彦が待ちかねた様子で功一に飛びついてきた。

「みーくん……こんな時間まで起きてたの？」

「だって……こーぃちくん、かえってこないんだも……」

よほど淋しかったのだろう。光彦は瞳を潤《うる》ませ、今にも泣きそうな顔をしている。

「ごめんね」

よしよしと背中をさすって宥《なだ》めてから、顔を上げると、明彦が目の前で渋面《じゅうめん》を浮かべて立っていた。目が合うと慌てて笑顔を取り繕《つくろ》ったが、もう遅い。功一は本音の顔を目撃してしまったのだ。

(うわぁ……、明彦さんもご機嫌斜めだよ~。あとでご機嫌取りしなきゃ……)

ライブのあとで空腹《くうふく》だったが、寄り道しなくて正解だ。大急ぎで帰ってこれだから、もし日付が変わって帰宅していたら、本当に角《つの》が出ていたかもしれない。

(……でも、ホントはこんなにイヤなのに、俺の我儘を聞いてくれたんだよね……)

そう思うと、功一は嬉しくなった。

(今夜は明彦さんに甘えて、喜ばせてあげたいな)

明彦にプロポーズされ、ともに暮らし始めて、もうすぐ四年になる。さすがに明彦の萌《も》えツボは、なんとなく解ってしまった功一だ。

(ちょっとハズカシイけど、サービスしてみるか)

幸《さいわ》い明日は休日だから、やりすぎてもたっぷり休める。

だからせめてものお返しに、明彦に夢を見させてあげよう。

功一が帰ってきた途端、光彦はその懐《ふところ》に飛び込んで、メソメソ泣きだした。

そして功一は、明彦には目もくれないで、光彦をあやしている。

（………おもしろくない……）

思わずムッとした顔を、功一に見られてしまった。理解ある優しい夫と思われたいのに、とんだ失態《しったい》だ。

実は狭量《きょうりょう》な男なのだと、功一は呆れてしまっただろうか？

◇　◆　◇

光彦が落ち着いたところで、功一は「お腹が空《す》いた」と、簡単な夜食を作り始めた。

「僕にも少し分けてくれるかい？」

「みーくも、ちょうだい」

「え？　二人とも、まさか晩ご飯食べてないの？」

「いや……二人で外食したんだが、あまり美味《おい》しくなくて、食《しょく》が進まなかったんだ」

決して料理がまずかったわけではない。ただ功一がいなかったから、砂を噛むような味がしただけ。おそらく光彦もそうだったのだろう。

夜食を食べながら、明彦は功一に話しかけてみた。

「ライブは楽しかったかい？」

「もうっ、サイコーでした！」

功一は、満面の笑顔でライブの感想を聞かせてくれる。

（……ずっと我慢していただけで、本当は、遊びに出かけたかったんだなぁ……）

自分の目が届かないところへ行かせたくはないのだが。こんな嬉しそうな顔をするなら、たまには遊びに行かせてやるべきかもしれない。

そう思うと同時に、『ほかの男に入れ揚《あ》げるなんて、面白くない』とも思ってしまう。

このまま放っておけば、功一は何時間でもしゃべっていそうだ。聞くに堪《た》えない。

明彦は光彦をダシにして、そろそろ話を切り上げさせることにした。

「さあ、夜食も食べたし。子供はとっくに寝ている時間だぞ」

「俺もお風呂に入らなきゃ。今日はすっごく汗かいたから、早くサッパリしたいよ」

つられるように腰を上げた功一が、リビングをあとにする。

明彦は、功一が風呂に入っている間に光彦を寝かしつけ、リビングに戻って時間を潰した。

なんだか功一の愛が足《た》りない気がして、欲求不満だ。

しばらくして、頬を上気させた湯上りの功一が現れた。

功一は、ソファーに深く腰掛けていた明彦の隣に腰を下ろし、可愛らしく小首を傾げて、明彦の顔を覗き込む。

「今夜は本当に楽しかった……。俺の我儘を聞いてくれて、ありがとうございます」

「いや……たまには君も息抜きしないと、ストレスがたまるだろう？」

明彦の返答を聞いた功一は、「ふふ」と意味ありげに笑っている。

「こんなに大声出して叫んだのも、トリップするほどサウンドに酔い痴《し》れたのも、久しぶりです。まだ興奮が醒《さ》めなくて……今夜は眠れないかも」

功一の手が、そっと明彦の膝の上に置かれた。

もしかしてこれは……誘っている？

「軽い運動でクールダウンすれば、興奮が鎮《しず》まるかもしれないよ？」

さりげなく、その気があるとアピールすると、「つき合ってくれます？」と返ってきた。

「つき合ってあげるよ、いくらでも。僕のベッドでいいならね」

「あなたのベッドは広いから、しっかりストレッチできそう。連れてってほしいな」

「いいよ。おいで」

明彦が立ち上がって手を差し出すと、功一も、その手を握り返して立ち上がる。

手を繋《つな》いで寝室に移動すると、功一は明彦のベッドに腰を下ろした。

そのまま後ろに倒れこみ、膝を抱え込んだり伸ばしたりして、本当にストレッチを始めたのだ。

そして今度は、四つん這《ば》いになってベッドに突っ伏し、お尻を高々と上げるポーズで、ぐーっと背筋を伸ばして一言。

「んーっ、気持ちいい！」

なんて無防備な！

明彦の脳内では、全裸《ぜんら》の功一が淫《みだ》らなポーズで誘っている妄想《もうそう》が大爆発。

「こ……功一くんっ！」

思わず叫んで、ガバッと腰に抱きついてしまった。

「あんっ、ダメですよ。これじゃストレッチできません」

「僕が手伝ってあげるよ」

明彦は功一のパジャマのズボンと下着を一気に引き下ろし、功一を仰向《あおむ》けに返して腰を抱《かか》え、両脚を頭の上まで持っていく。

「首と背筋と腰のストレッチだよ」

などと言いながら、功一の尻に舌を這《は》わせてみたりして。

「ああんっ、ダメぇ……っ！」

「何がダメなの？」

「そんなトコ舐められたら、クールダウンどころか、ヒートアップしちゃいます」

「ヒートアップして燃え尽きたら、熱が冷めるんじゃないか？」

功一が本気で嫌がっていないことくらい、無抵抗な反応を見れば解る。

「本当はそうしてほしくて、僕を煽っていたんだろう？　僕の可愛い小悪魔ちゃん？」

「……そんなこと……」

困った顔で否定しかけた功一だが、ハッキリ『ない』とは言わなかった。

「……まったく、君って子は、いったいどこでこんな誘い方を覚えたんだ？　僕に隠れて、エッチな本やビデオを見ているんじゃないだろうね？」

「見てないですよ？」

「本当かな？　嘘つきな悪い子は、お仕置きしちゃうぞ？」

自分のほうがよっぽどイカれたセリフを吐きながら、明彦は功一の秘部を舐め解《ほぐ》し、指を入れて内部を広げていく。

「あふ……っ」

鼻にかかった甘い吐息。腰の辺りで淫らに揺れる、蜜《みつ》を含んだ功一の熟《う》れた果実。

それらが明彦の官能を刺激し、たくましく欲望を漲《みなぎ》らせる。

「君の下のお口は、おしゃぶりが上手だね。美味しそうに、僕の指に吸いついてくるよ」

「そんなこと、言わないでぇ……」

「おしゃぶりは嫌いかい？　もうやめてほしい？」

「……イヤ……。やめないで……」

「やっぱり好きなんだろう？　君は本当に嘘つきだね」

嘘つきだと責めながら、実は明彦は、そんなふうに恥《はじ》らう功一が可愛くてたまらない。

「指をしゃぶるのと、僕のコレをしゃぶるのと、どっちが好きか言ってごらん」

そう言って明彦は、指を引き抜き、功一の尻の谷間に怒張《どちょう》を擦《こす》りつけた。

功一は困った顔をしながらも、「こっちがいい」と、消え入りそうな小さな声で答える。

明彦は功一から身を離し、足を投げ出してベッドに座って言う。

「じゃあ、君の好きな僕のコレを、君の好きにしていいよ」

自慢のものに手を添えて、見せつけるように揺らして見せると、功一が拗ねた口調でポツリと呟く。

「……もう、意地悪なんだから……」

「どこが意地悪なの？　好きにしていいと言っているのに」

ニヤニヤしながらそう言ってやると、功一は恥ずかしそうに赤くなって俯《うつむ》いた。その姿に、明彦は激しく男心をそそられる。

「君がしたいことを、したいようにしてごらん。見ていてあげるから」

功一は少し迷って、明彦の股間に顔を埋《うず》めた。

誰に仕込まれたのか考えると腹立たしいが、功一は口での奉仕《ほうし》がとても上手い。テクニックもさることながら、昔の男に嫉妬して、明彦のそこはすぐに猛《たけ》り狂《くる》ってしまう。

功一はやがて身を起こし、明彦の首に腕を回して、膝の上に跨《また》がった。

そして明彦の猛々《たけだけ》しいものを下の口に押し当て、息を吐きながらゆっくりと銜え込む。

「あううっ！」

つらそうな顔をした功一は、明彦に甘えるようにしがみつき、呼吸を整えた。

「……すごい……。奥まで、いっぱい……」

うっとりした声でそう言われると、男としては、やはり嬉しい。

「大きいのが好きかい？」

上目遣いでチラと明彦を見て、頬を染めて頷《うなず》く功一は凶悪なほど可愛くて、このままどうにかしてやりたくなる。

でも、グッとこらえて、余裕の顔で問いかけた。

「じっとしているだけでいいの？　君がもっと気持ちよくなるには、どうしたらいいのかな？」

功一はためらいながら、ゆっくりと腰を揺らし始めた。

恥らう表情も、淫らな腰つきも、見ているだけで興奮してしまう。

「可愛い……。すごくセクシーだよ、功一くん」

明彦がため息混じりにそう言うと、愛らしい唇から文句がこぼれてくる。

「手伝ってくれるって、言ってたのに……。見てるだけなんて、ずるい……」

「そうだね。お望みとあらば、僕も協力してあげよう」

明彦は後ろ手に手を突いて、踏《ふ》ん張《ば》る体勢を整えた。

「君も後ろに体を倒して、両手で支えてごらん」

◇　◆　◇

功一は明彦の首から手を離し、上体を倒して後ろに手をついた。

明彦は同じ態勢《たいせい》で、腰を揺すって突き上げてくる。

「ほら、君もしっかりエクササイズして！」

今日の明彦は、床《ゆか》運動しているシチュエーションにハマってしまったらしい。妄想プレイが好きなので、その気になるよう誘導したのだが——まさかこんなにノッてくるとは。

「僕に任せきりじゃダメだよ。さっきみたいに、色っぽく腰を振ってくれないと」

「やだ……。これじゃ、顔もあそこも、全部丸見えだもん」

「快感を共有しながら、感じている君を眺《なが》めるのがいいんじゃないか」

さわやかな笑顔でエロいセリフを吐きながら、明彦は功一を下から突き回し、派手《はで》に揺さぶりをかけてくる。

「ああんっ！」

気持ちよくて、思わず声が出てしまう。

「もっといい声で啼《な》かせてあげるよ」

った。

リズミカルでタフな明彦の突きに翻弄されて、功一は快楽を追うのに夢中になってしま
「あ……っ、ダメェ……ッ！」

いつの間にか腰を浮かして、明彦の動きに合わせている。

「ひああんっ、あん、あぁぁ……んっ！」

「可愛い……。とてもきれいで、最高にセクシーだよ」

前後左右、上下に激しく腰を振り、接合《せつごう》した体を押しつけあっているうちに、腰が床から離れてしまった。

明彦は功一の両脚を抱えて肩に掛け、功一は思わず体を仰《の》け反《ぞ》らせた。

「ああんっ、イイ……！　すごい……！」

ついに体が支えられなくなり、功一が後ろに倒れ込むと、明彦が起き上がって態勢を変え、屈曲位《くっきょくい》で深い突きを繰り返す。

功一は身も世もなく悶《もだ》え狂った。

「あうっ！　ああっ！　あっ、あっ、あっ、あ……！」

明彦はさらに功一の体を深く折り曲げ、腰を上げてしゃがみ込み、まるで功一の体内をかき混ぜるように腰を使う。

トリッキーな動きに翻弄されて、功一は息も絶《た》え絶《だ》えだ。つながったまま、何度絶頂を迎えたことだろう。

明彦も功一の中に熱い精《せい》を迸《ほとばし》らせたが、すぐに硬度を取り戻し、やる気満々で宣言する。

「まだまだ、燃え尽きるまで、楽しませてあげるよ」

今度は正常位のバリエーションで挑《いど》まれた。

絶倫《ぜつりん》すぎる明彦に、功一はもうついていけない。

今夜もいつしか意識が途切れて、白い闇の中へ堕《お》ちていった。

9. 奥様はテレビっ子

ライブに行ってから、功一のSEVENTH　HEAVEN熱はますます高まった。

いや——正しくは、日本中を熱狂の渦《うず》に巻き起こんでいると言うべきか。

CDデビュー以来、彼らは音楽番組に、必ずランキング一位で登場している。

HIBIKI、AKIRA、SEIJIに関しては、トーク番組などのゲスト出演も増えている。といっても、実際にしゃべっているのはAKIRAとSEIJIで、HIBIKIはひたすら笑顔で相槌《あいづち》を打ち、時々『箱入りお坊ちゃま』らしいボケたコメントを口にする程度だが。

「昨日のHIBIKI可愛かったー！」

「セレブなボケ方がいいわよね」

なんて、幼稚園で会うママさんたちも、気合《きあい》の入ったHIBIKIファンの平井さんも、HIBIKIのトークにウケまくっている。

功一は、明彦の手前、堂々とSEVENTH　HEAVENが出演している夜の番組を見られないので、時々話題に乗り遅れてしまう。

でも、彼らが出演しているテレビ番組は、すべて録画して、コレクションしているし。明彦にもらったお小遣《こづか》いでSEVENTH　HEAVENのCDを買い、家事をしながらiPodで聴いている。

明彦はそれに気づいているはずだが、何も言わない。

おそらく片目を瞑《つむ》って、見て見ぬふりをしているだけで、功一の趣味に理解を示してくれたわけではないだろう。スプレマシーのローションを買って渡したときも、不満を押し隠し、何も言わずに使っていたのだから。

そんな明彦に申し訳ないと思いながらも、功一はお昼のトーク番組を録画しながら見ていた。

『本日のゲストは、SEVENTH　HEAVENのHIBIKIさんです』

トーク番組に、彼一人で出演するのは珍しい。

『HIBIKIさん、秋の連続ドラマで、俳優としてもデビューなさるそうですね』

『ええ。デビューといっても、ドラマの中盤くらいから登場する脇役なんですけど』

『俳優としてのソロ活動は、お名前を少し変えられるとか……』

『はい。兄が「アルファベットで名前だけじゃ、パッと見て誰だか判らないからダメだ」

って、考えてくれたんですよ。バンド名が【ＳＥＶＥＮＴＨ　ＨＥＡＶＥＮ】――つまり、七階層ある天国のうち、神の座がある最も神聖な【第七天国】のことだから、「天の音が響く」と書いて、天音響《あまねひびき》です』

『ステキなお名前ですね。確か、響さんが出演されたクロリスのコマーシャルも、すべてお兄様が企画なさったんですよね？』

『ええ。兄に頼まれて、一度きりのつもりだったんですが。気がついたら、友達と趣味でやっていた音楽活動で芸能界デビューして、ドラマにまで出演することになったんだから、人生何が起こるか判りませんね』

その番組は、ドラマの宣伝と、近日発売されるＣＤの製作裏話などを話して終わった。

憧れのミュージシャンＨＩＢＩＫＩが、天音響という芸名でドラマに出る。

それを知った功一は、嬉しくてたまらない。

同じ番組を見ているであろう平井さんと喜びを共有したくて、隣家《りんか》を訪ねた。

二人で響の話で盛り上がっていると、啓介がタイミングよく帰宅して、何事かと驚いている。

「ＨＩＢＩＫＩがね、俳優としてデビューするんだよ！」

「録画してるから、もう一度みんなで一緒に見ましょうよ」

結局、平井親子と三人で、同じ番組をもう一度見た。

トーク内容を聞きながら、啓介が言う。

「そのうちドラマに出たりするんじゃないかと思ってたけど、予想以上に早かったな」

功一と平井さんも「だよねぇ」「ビックリしたわ」と頷いている。

「でも、きっとすぐ主役をやるようになるんじゃないかしら？　芸名を考えたってことは、『これから力を入れる予定がある』ってことですもの」

「嬉しいけど、リアルタイムで観られないのがつらいよ」

思わずこぼした功一の愚痴《ぐち》を、平井親子が聞き咎《とが》めた。

「あらどうして？　大沢くん、ライブにだって行かせてくれたじゃない」

「コーイチがＨＩＢＩＫＩに夢中になってると、やっぱ機嫌悪くなるんだ？」

功一は深いため息をつき、ためらいがちに打ち明ける。

「実はライブに行きたいっておねだりしたとき、明彦さん、俺がＨＩＢＩＫＩグッズを集めていたことや、エコーシリーズを買ったことも含めて、一気にキレちゃったんです。今は見て見ぬフリで何も文句は言わないけど――黙って不満を溜め込むタイプだから、さすがに彼の前では、ＨＩＢＩＫＩが出ている番組を見づらくて……」

「なるほどねぇ……」

平井親子が相槌を打ち、功一はため息混じりに続けた。

「明彦さんが音楽好きで、一緒にSEVENTH HEAVENにハマってくれたらよかったんだけどなぁ……」

「……う～ん、そりゃムリだろ。オーサワ音痴だし。本人ソレ判ってっから、音楽キライっぽいじゃん？」

歯に衣着《きぬ》せない啓介の物言いに、平井さんが「これ」と窘《たしな》める。

「そんな言い方したら、大沢くんが可哀想でしょ。それに、音痴だと自覚できる人は、本当の音痴じゃないのよ」

「ええ。おそらく明彦さんの場合、出したい音が出せなくて、ああいう歌になっちゃうんだと思うんです。その証拠に、最近は演歌なら、なんとか歌えるようになったんですよ」

「こっそり秘密特訓でもしてんじゃね？」

「……多分。明彦さんの部屋に、隠してあるCDが少しずつ増えてるから……」

本人はバレてないと思っているようだが、功一は彼の部屋も掃除している。探そうと思わなくても、隠匿物《いんとくぶつ》を見つけてしまうことがあるのだ。

「歌は嫌いでも、ドラマは嫌いじゃないんでしょ？」

「俺が見ているドラマや映画を、一緒に観ることはあるけど……ニュースや天気予報以外、あまり自発的にテレビを観ようとはしないんですよね。退屈して、みーくんを構い始めることもあるくらいで……」

「それってさ、もしかしてコーイチがテレビっ子だから、ほかに観たい番組があっても、譲ってくれてるだけじゃねーの？」

「……そうかも」

そこで啓介は、イタズラを企《たくら》む子供のような顔で提案する。

「オーサワはさー、なんだかんだ不満に思ってても、結局コーイチがしたいこととか、惚れた弱みでやらせてくれるじゃん。ハッキリ『イヤ』って言われてないなら、堂々とドラマ観ちゃえば？　どうしてもイヤなら、ケンカしたときみたいに文句言うとか、部屋を移動するとかするって」

啓介にそう言われると、功一はなんとなく『そうなのかなー？』と思ってしまう。

下手をするとまたケンカになるかもしれないが、本音を隠して溜め込むよりはいいかもしれない。

「一度明彦さんがいるときにドラマを観て、反応を試《ため》してみるよ。リアルタイムで観られなかったら、ママさんたちの噂話で、観る前にネタバレするのは確実だもん。それはさすがに俺がイヤだから」

◇　◆　◇

大沢明彦はSEVENTH　HEAVENが嫌いらしい。特にHIBIKIが。

同僚の松井《まつい》行孝《ゆきたか》が頻繁《ひんぱん》に嫌がらせのネタにするので、今では事務所内でそれを知らない者はいない。いつしか『明彦の前でその噂をしないこと』が、暗黙のルールとなっている。

おかげで近頃は、嫌な思いをする機会が激減した。

功一も、明彦がいるときは、HIBIKIが出ている番組を見ない。

しばしば録画スイッチが入っているので、録画して見ているのは確実だが。

よくiPodで、SEVENTH　HEAVENの曲を聴きながら家事をしているのも間違いないが。

それくらいはまあ、許容範囲だ。許容範囲ということにしておこう。

もともと功一は、テレビを見るのが大好きだ。子育てと家事で忙しいから、それが手軽に楽しめる唯一《ゆいいつ》の娯楽なのだろう。

音楽番組やバラエティー番組は、たいてい家事をしながら『聴いて』いるようだ。音がしていないと『淋しい』と感じるタイプなのかもしれない。

観ているジャンルは幅広いが、特に好きなのは映画やドラマだ。チェックしている番組が始まると、テレビの前の特等席に陣取って、没頭《ぼっとう》してしまう。

明彦にとって、テレビは『あれば退屈しない』が、功一のように『なくてはならないもの』というわけではない。

むしろ功一がこっちを向いてくれないのがつまらなくて、『テレビなんかないほうがいい』とさえ思うこともある。

明彦自身も『面白い』と思える番組のときはいいが、時々『なんでこんなくだらない番組を真剣に見ているのだろう？』と首を傾《かし》げることもあるのだ。

かなりシビアな現実の中で生きてきた明彦は、ご都合主義で、あり得ないほど楽観的で、マンガみたいな内容だったら確実に引く。

人を小バカにしたようなギャグも不愉快極《きわ》まりない。

そんなときは、光彦を構って憂《う》さ晴《ば》らししながら、功一が腰を上げるのを待っているのだ。

夏の連続ドラマが最終回を迎えると、しばらくスポーツ中継や特番が多くて、功一があまりテレビに夢中にならない時期が続いた。

しかし、秋の連続ドラマがスタートしてから、またテレビっ子に戻っている。

この夏、功一は絵本コンテストで大賞を受賞した。

今は授賞式で知り合った作家友達の影響で、自分のウェブサイトを作るのだと張り切っている。その作業は、光彦が幼稚園に行っている間にやっているようで、忙しくとも、テレビタイムはきっちり確保しているのだ。

どうやら功一のイチオシ秋ドラマは、セレブな若い女性と、どちらかと言えば貧しくて苦労している青年とのラブストーリーらしい。

ちょうど食後の休憩中に始まるドラマだったので、明彦も一話目から見ている。

主人公の青年は、身分違いのお嬢様に恋をして、一途な情熱と真心で、お嬢様のハートをゲットした。

だが、彼女の両親の妨害は、思わず同情してしまうほど激しい。明彦は、ドラマを観ながら瞳を潤《うる》ませたり、拳《こぶし》を握り締めて歯噛みしたりしてしまう。

それでも主人公は苦難を乗り越え、どこまでもお嬢様との愛を貫《つらぬ》く。

青年の想いの深さを知るほどに、お嬢様も彼に惹《ひ》かれ、ますます愛は深まるのだが——。

しかし、『なんでこんなに邪魔が入るんだ！』と叫びたくなるくらい、状況が二転三転して、『次はどうなるんだろう？』と、毎回ドキドキハラハラせずにはいられない。

いつの間にか明彦も、このドラマを見るのが秘《ひそ》かな楽しみとなっていた。


ところが。

ある日いきなり、予想もしていなかった大問題が発生した！

次回予告にＨＩＢＩＫＩが出ている。

（なぜだ……）

たかがモデル上がりの美形歌手のくせに、どうしてドラマに出たりするんだ!?

しかも、よりによって明彦が楽しみにしているドラマに……！


そこでふと、疑問が浮かび上がった。

（まさか功一くんは、このことを知っていたのか？）

ファンなら知らないわけがない。

仮に知らなかったなら、功一だって、相当驚いているはずだ。

チラと様子を窺うと、功一は固唾《かたず》を飲んで明彦の顔色を窺っている。

間違いない。確信犯だ。知っていてわざと、明彦と一緒にこのドラマを観ていたのだ。

功一がライブから帰ってきたとき、明彦は優しい夫を演じたくて、つい『ライブは楽しかったかい？』などと聞いてしまった。

しかし、功一が嬉しそうにほかの男を賛美《さんび》するのに耐えられず、光彦をダシに話を打ち切っている。

そんな明彦の気持ちを悟《さと》ったのか、功一は明彦の前では遠慮して、ＨＩＢＩＫＩが出ている番組を見ないようにしていたのに。

こうして明彦にドラマを見せて、反応を窺っているということは——明彦が何も言わなければ、もう遠慮はしないということか？

なんだかないがしろにされているような気がして、嫉妬《しっと》の虫が、またザワザワと騒ぎ始めた。

中盤から響が登場する秋ドラマを観ているうちに、明彦も一緒に観始めたので、功一は『やった！』と内心喜んだ。

のんびりぼんやり過ごすのが苦手な明彦は、興味がなければあからさまに席を立ったり、ほかの事をしたりするので、退屈していればすぐ判る。

付け加えるなら、このドラマは、明彦が好むツボを押さえているのだ。『もしかして大丈夫かも』と期待していた功一だが。問題のXデーに、明彦は次回予告を観て硬直した。

（うわぁ……、やっぱダメかも……）

響が画面に出た途端、あからさまに嫌な顔をしたのだ。

そして咎《とが》めるような目で、じっと功一を見ていた。

特に何も言わなかったが、心の声が聞こえた気がして良心が痛む。

功一は、そのときの顛末《てんまつ》を啓介に報告した。

「やっぱダメだよ。次回からは、録画して翌日見たほうがいいかも……」

◇

◆

◇

すっかり弱気の功一に、啓介が反論する。

「ちょっと待て。オーサワは、毎週そのドラマを観てたんだろ？　コーイチが『もうダメだ』と思っただけで、オーサワが『もう観たくない』って言ったワケじゃないよな？」

「うん。裏切られたような目で、じっと見られただけ」

「だったら、諦めるのはまだ早い。っつか、何も言ってねーのに、急に日課を変えたりしたら、かえっておヘソが曲がっちゃうかもしんねーぞ？」

「ええー？」

「オーサワ見栄《みえ》っぱりだから、コーイチさえ気づかないフリしてやり過ごせば、猫被《かぶ》っておとなしくしてんじゃね？」

「……でも、俺は明彦さんが嫌がることはしたくないし……」

「だから、まだ『イヤ』って言われたワケじゃないじゃん！　響を見るのはイヤだけど、ドラマの続きは気になってるかもしんないよ？　なのにコーイチが日課を変えたら、オーサワのほうから『観たい』とは言えないだろうし。コーイチはこの先ずっと、響が出るドラマをリアルタイムで見れなくなる。それでいいワケ？」

「…………よくない……」

「だろ？　どーするかは、オーサワに決めさせりゃいーんだよ。コーイチはいつも通り、フッーにしてろ。それでケンカになった場合は、『オレが唆《そそのか》したんだ』って、一緒に謝ってやるから」

「……うん」

功一は啓介に説得されて、もう少し様子を見ることにした。

◇　◆　◇

ＨＩＢＩＫＩがあのドラマに出ると知った日から、明彦はとても機嫌が悪い。

正直なところ、ＨＩＢＩＫＩの顔を見るのも嫌だし、ドラマを観ている功一が、ウットリしながら心の中で『カッコイイ♡』とか『ステキ♡』とか呟いているのを想像すると、髪の毛を掻《か》き毟《むし》りたくなるような苛立《いらだ》ちが込み上げてくる。

なのに、困ったことに、ドラマの続きは気になるのだ。

……観たい。

でも、観たくない……。

だけどやっぱり観たいかも。

いやいや、観ているとストレスがたまりそうだ。

次回予告を見てから一週間――明彦は葛藤《かっとう》し続け、結局ドラマを観ることにした。

というか、功一が見ているので、リビングにいると明彦も観ることになる。

功一の性格からして、今後は録画して翌日見るかと思っていたが。いつも通り観ているということは、次回予告を目にしたとき、自分は功一がうろたえない程度に、ポーカーフェイスを保《たも》てていたのだろうか？

あのときは動揺していたから、どんな反応をしたかなんて、自覚も記憶もない。

もしおかしな態度を取っていなかったのであれば、ここで逃げては男が廃《すた》る。腹を立てては男が下がる。どーんと構えて、平然と観てやろうじゃないか。

そう決めた明彦は、なるべく功一のほうは見ないようにして、ドラマに集中した。

天音響と名を改めたＨＩＢＩＫＩの役どころは、ヒロインの初恋の相手だ。家柄・財産・容姿・学歴・職業・収入――すべてに於《お》いて恵《めぐ》まれている。

（演技しなくても通用する役をもらって俳優だ？　片腹痛いわ！）

明彦は響に対する偏見《へんけん》もあり、『初恋の人』が気に食《く》わなかった。

初恋の人は、ヒロインの両親の回し者。娘に身分違いの恋を諦めさせるため、両親が婚約者として連れてきたのだ。

（頑張れ、青年！　こんな恵まれすぎたセレブなんかに負けるなよ！）

明彦は心の中で主人公を応援しながら見ていた。

しかしヒロインの心は、初恋の人の登場で大きく揺れる。

実は初恋の人も自分に惹かれていたと知り、『障害の多い恋人との愛を貫くより、彼と結婚するほうが幸せになれるのではないか』と迷い始めたのだ。

（なんて女だ！　あんなに想ってくれている恋人を裏切るつもりか！）

明彦自身、功一がほかの男に見惚れるという切ない出来事を経験している。なんだか身につまされて、人事とは思えない。

（……そりゃ、確かに恋人とは、生まれ育った環境も違いすぎるし。恋人は初恋の人に比べたら、地味で冴《さ》えない男だよ。でも、顔より金より大事なものがあるだろう！　相手を想う心だ！　恋人にはそれがある！　きっと幸せになれるさ！）

明彦が自分と重ねて熱くなったとき、画面の隅に『つづく』という文字が――。

◇　◆　◇

啓介に言われた通り、ドラマを観るか否《いな》かの判断を明彦に委《ゆだ》ねた功一は、ドキドキしながら様子を窺っていた。

明彦はドラマが始まっても、いつも通り平然としている。

(やっぱり俺の気の回しすぎだったのかな……?)

果《は》たしてこれは、平気なフリをしているだけか。それとも、功一が響のファンだということに、明彦はもう慣れてしまったのか――。

気になって、チラチラ様子を盗み見ていると、実は明彦が、かなり真剣にドラマを見ていることに気づいてしまった。

明彦は主人公とともに、一喜《いっき》一憂《いちゆう》しているのだ。上手くいっているときはごきげんな顔で笑っているし、ヒロインの両親の妨害に遭えばキリキリと歯噛みし、初恋の人が主人公を侮《あなど》る様子には本気で腹を立てている。

ヒロインが心変わりしそうになったときなんて、目を吊《つ》り上げて、怖い顔で画面を睨《にら》んでいた。

（……まさか明彦さんが、こんなにドラマにハマっていたとは知らなかった……）

途中で席を外したり、光彦を構って遊んだりしないし。ドラマが始まる時間には、必ずテレビの前にいるから、『おそらく嫌いではないのだろう』と思ってはいたのだが。

功一もテレビのほうを向いていて、明彦がどんな顔で見ているのか、今の今まで知らなかった。

明彦はドラマの感想を言わなかったし。功一もあえて話題にするのを避けていて、暇つぶしレベルの興味なのか、楽しんで観ているのか、確かめたことがなかったのだ。

（翌日こっそり一人で観なくてよかった……）

啓介が言っていた通り、もし功一が日課を変えていたら――明彦は意地を張って、そのまま続きを観なくなっていただろう。

（明彦さんがご機嫌斜めになるんじゃないか――なんて、勝手に思い込んで心配していた自分が恥ずかしいよ……）

響が出ていようがいまいが、面白ければ観るし、つまらなければ観るのをやめる。明彦はそういう人だ。

（もう先回りして、あれこれ気を回すのはやめよう）

明彦は、愚痴をこぼさず不満を溜め込む傾向があるけれど、本当に嫌なことは、嫌だとハッキリ言うはずだ。少なくとも、一度はキレて文句を言った。

そのあと反省した様子で、功一の趣味に賛成できないまでも、理解しようと努力してくれている。

やりたいように行動して、明彦とケンカになっても、腹を割って話し合い、折り合いをつけて仲直りすればいいだけだ。

雨降って地固まる――そんな諺《ことわざ》通りの経験を、今まで何度も繰り返してきたではないか。

これからもそうやって、明彦と二人で固い礎《いしずえ》を築《きず》き上げ、居心地のいい『家』を造っていけばいい。

安心した功一は、それを啓介に報告した。

啓介は、「そりゃ、ダンナのやせ我慢がどこまで続くか見物《みもの》だねぇ～」などと笑っていたが。きっと大丈夫。功一は信じている。

だって明彦は、心から功一を愛してくれているのだから。

ヒロインが心変わりをしたところで、ドラマが終わって一週間。

続きを心待ちにしていた明彦だが、功一の前では、『気になっている』という顔は断じてしない。あくまでも、『功一が見ているから、なんとなく毎週見ている』だけだ。

◇　◆　◇

主人公は、愛《いと》しのヒロインを渡しはしないと、勢い込んで『初恋の人』と対峙《たいじ》した。
初恋の人は、そんな主人公を冷ややかに見ているだけ。
『本当に君に彼女が守れるのか？』
『守ってみせる！』
そう答えながらも主人公、少し気弱になったりして……。
（しっかりしろ！　彼女を愛しているんだろう⁉）
苛々《いらいら》と気を揉《も》んでいると、今度はヒロインが突発的な事故に遭遇してしまった！
気になるシーンで次回に持ち越し、また続きが気になってしまう。

翌週、ヒーローは明彦の期待に応えて、彼女を救った。

(よしっ！　よくやった！)

身を挺《てい》して守ってくれた恋人のほうに、ヒロインの気持ちがぐっと傾《かたむ》く。

そして初恋の人も、恋人の強い想いに心を打たれ、自《みずか》ら身を引くことに……。

(よかったな、青年)

そう思った直後。

立ち去る初恋の人が背中を向けたその瞬間に、明彦はハッとさせられた。

断腸《だんちょう》の思いで未練を絶《た》ち切る切ない表情。それをより際立《きわだ》たせる何気《なにげ》ない仕草。

たった数秒のショットで、実は彼が心からヒロインを愛していたこと。愛しているからこそ、彼女の幸せを願って、自分の想いを封《ふう》じたのだと判ってしまった。

初恋の人は、優《やさ》しげな王子様顔だが、お坊ちゃん特有のクールな印象がある。

なんとなく政略結婚の臭いもしていたから、果たしてどこまで本気でヒロインを好きなのか量《はか》りかね、明彦はずっと恋人の肩を持っていた。

けれど、こうなると初恋の人に同情せずにはいられない。

明彦にも、功一を愛しているのに、愛していると伝えられなかったつらい時期があった。

愛するがゆえに気持ちを隠して耐《た》え忍ぶ——それがどんなに切ないか、痛いほどよく判る。

（お前、本当はいいヤツだったんだな……）

ずっと初恋の人に反感を抱いていた明彦に、そう思わせた響はなかなかの役者だ。

功一が響に夢中になるのもムリはない。どうせ顔だけで出演した素人《しろうと》俳優だと侮《あなど》っていたが——決してそんなことはなかった。


次週から、初恋の人は、陰ながら二人の味方をしてくれるようになる。

無事ハッピーエンドを迎えられたのは、彼のサポートがあったから。

（なんて心の広い男なんだ！　僕には絶対真似できない……）

初恋の人の株が上がれば上がるほど、明彦の心の中で、響の株も上がっていった。

（天音響は、これからもっと売れるだろうな）

実際に、彼が登場してから、このドラマは記録的な最高視聴率を叩き出している。

おそらく次は、もっといい役がついて、確実にのしあがっていくに違いない。

（よくぞここまで、女神《ミューズ》に愛された人間がいたものだ。こんな男にいちいち嫉妬していたら、こっちの身が持たないぞ）

明彦はついに、諦観《ていかん》の境地《きょうち》に達した。

しょせん相手は、虚像《きょぞう》の世界に生きる芸能人。一方通行の憧れにまで、嫉妬するなんて

らくがきちょう

バカげている。
泰然《たいぜん》と構えて、笑顔で見守っているほうが、男としての株が上がるというものだ。

笑いの絶《た》えない、温かい家庭を築くのが、子どもの頃からの夢だった。
愛する功一と、可愛い光彦と、三人でなら、理想の家庭を実現できる。
家族という名の大切な宝物を、これからもずっと守り続けたい。

笑う門には福来《きた》る――明彦はずっと、そう信じて生きてきた。
だから幸せを呼び込むために、功一に微笑みかける。
今日こそは、『このドラマ面白かったね』とでも言ってみようか？
そうしたら功一は、きっと嬉しそうに笑ってくれるだろう。
明彦は、そんな自分の心境《しんきょう》の変化に驚きながらも、晴れやかな満足感に浸《ひた》っていた。

END.

みーくんの幼稚園日記 5

旦那さんシリーズ番外編

◇◆　アリサちゃんの王子様　◆◇

大好きな功一《こういち》くんと手を繋《つな》いで、みーくんは今日も元気に幼稚園へ向かいます。

途中にある交差点でアリサちゃん母子《おやこ》と会ったので、いつも通りお行儀《ぎょうぎ》よくご挨拶《あいさつ》すると、アリサちゃんママもニッコリ笑って挨拶してくれました。

でも、いつもみーくんに一所懸命話しかけてくるアリサちゃんからは、鼻先であしらうような返事しか返ってきません。ヘンですね。

でもまあ、話したくないときだってあるでしょう。みーくんのパパも、ときどきすごくご機嫌斜めで、上《うわ》の空になりますから。

アリサちゃん母子と四人で一緒に歩いていると、今度はちづるちゃん母子とユミちゃん母子の姿が見えて、ちづるちゃんとユミちゃんが笑顔で駆け寄ってきました。

「みーくぅ～ん！　おはよー！」

「ちづるちゃん、ユミちゃん、おはよぅ」

女の子二人は、ほわんと微笑《ほほえ》むみーくんの両脇をガッチリ固めて、一緒に歩き出します。

いつもは先に合流するアリサちゃんが、みーくんにベタベタしながら牽制《けんせい》するけど、今日はノーマークでラッキー♪

でも、どうしてアリサちゃんは、みーくんの隣をほかの子に取られても、突っかかって来ないのかしら？

ちづるちゃんもユミちゃんも、不思議でたまりません。

三人で前を歩いていると、後ろから功一くんたちの話し声が聞こえてきました。

「アリサちゃんは、今日は仲間に入らないの？」

「アリサのおうじさまは、みーくんじゃなかったのよ」

「アリサ、今はクロリスのＣＭに出ている美形モデルに夢中なの」

「ああっ、あのＣＭね？　見た見た！　ステキよねぇ……」

なるほど。ほかに意中の人ができたから、みーくんに興味がなくなったのね。

ちづるちゃんとユミちゃんは、顔を見合わせ、意味ありげにニンマリ。

そしてみーくんは、『アリサちゃんの態度がおかしくなったのが、自分のせいじゃなくてよかった』と安心したんです。知らないうちに、それと気づかず、アリサちゃんが嫌がることを自分がしていたら、嫌だな、困ったなって、ちょっぴり不安に思っていたので。

やがて幼稚園に近づくにつれ、みーくんの周りには、なかよしの女の子たちが集まってきました。

実はみーくんのお友達って、ほとんど女の子なんです。

本人は『男の子とも仲よくしたいな』と思っているけど、積極的に『あそぼう』と誘ってくれるのは、女の子ばかり。

誘いを断ってまで、自分から誰かを誘おうとも思わないので、気がついたら女の子に囲まれています。そのせいで、反感を抱く男の子もいるんですよね。

入園当初からみーくんを目の敵《かたき》にしているツヨシくんは、今日はみーくんの取り巻きの中にアリサちゃんがいないので、嬉々《きき》として嫌がらせを言いに来ました。

「へーん、いつもチョーシこいておんなばっかりひきつれてるから、ついにアリサにあいそつかされてフラれたのかよ〜。ザマーミロ〜」

いつもはアリサちゃんが率先《そっせん》して、キツいセリフでツヨシくんをこらしめているけれど、今日はほかの女の子たちだけで徒党《ととう》を組んで、みーくんの代わりに言い返します。

「なにいってんの。アリサちゃんは、クロリスのモデルさんにこころがわりしただけよ」

「フラれたなんて、シツレイなこといわないで！　みーくんは、アンタとちがって、アリサちゃんのことスキってワケじゃないんだからね！」

「そうよそうよ！　アリサちゃんが、みーくんにアタックしてただけじゃない！」

「みーくんは、アリサちゃんより、わたしたちとなかよしだもんねぇ～っ」

「アリサちゃんなんかいなくても、ぜーんぜんへーき！　ねぇ～っ」

「イジワルだから、いないほうがいいくらいよね～」

いつも『おどき、ブス』と蹴散《けち》らされている女の子たちは、ついでにアリサちゃんまでバッシング。

ツヨシくんは、仲間はずれのアリサちゃんに言いました。

「いいのか、アリサ。あいつら、あんなこといってるぞ」

「いいわけないでしょ！」

ここまで好き放題言われて、黙って引き下がれるものですか！

「みーくんは、アリサといちばんなかよしだもん！　アリサがいたほうがいいわよね？」

そう言われても——みーくんとしては、どうコメントしていいか判りません。

いつもはアリサちゃんがすごい剣幕《けんまく》でほかの女の子たちを追い払うから、なんとなく、一番近くにいるアリサちゃんと遊んでいました。でも、今朝のアリサちゃんはお高くとまって、『あんたなんかお呼びじゃないわ』って感じだったし。それなら、ムリにアリサちゃんと遊ばなくてもいいんです。お友達なら、ほかにも大勢いますから。

「……みーくは、アリサちゃんがいてもいなくてもいいよ？」

ためらいながら口にしたみーくんの返答に、アリサちゃん大ショック！

（……ひどい、みーくん！　アリサなんかいてもいなくてもいいっていうの⁉）

アリサちゃん次第《しだい》だよ、という言葉が、みーくんの貧《まず》しいボキャブラリーでは出てこなかっただけなんですが。つれないセリフが、アリサちゃんのハートに火をつけました。

クロリスの王子様もステキだけど、一緒に遊べるみーくんも、常にキープしておきたいの。ほかのコには絶対に渡さない！

「みーくんは、アリサのものよ！　アリサとしかあそんじゃダメ！」

いきなり宣言したアリサちゃんに、今朝の顛末《てんまつ》を知っているちづるちゃんとユミちゃんが食《く》ってかかります。

「なにいってるのよ、ズーズーしい！」

「アリサちゃんのおうじさま、みーくんじゃなかったんでしょ！」

「そうよ。もんくある？」

アリサちゃんは二人を見下すように、高飛車《たかびしゃ》に言い返しました。

「クロリスのおうじさまが、アリサのおうじさま。だから、みーくんはアリサのナイトにしてあげるわ。ナイトは、ずっとひとりのレディーだけを、いのちがけであいするものよ。みーくんはアリサのナイトだから、ほかのコとなかよくしちゃダメなの」

「なに、それ」

「かってなこといわないでよね！」

結局今日も、アリサちゃんのワガママで、女の子たちの騒々《そうぞう》しい口喧嘩《くちげんか》が始まりました。

みーくん、さすがにゲンナリ。

いったいどうしたらいいんでしょう？

何もいいアイデアが浮かばないので、思い切って、パパに相談してみることにしました。

「ねー、パパ。みーくは、おーじさまよりナイトってかんじする？」

「誰かにそう言われたのか？」

みーくんはコクンと頷き、アリサちゃんの言い分をパパに聞いてもらったんです。

「アリサちゃんがね、『クロリスのおーじさまが、アリサのおーじさまだから、みーくはナイトにしてあげる』ってゆーの。ナイトはね、ずっとひとりのレディーだけを、いのちがけであいするんだって。でも、みーく、ちづるちゃんも、ユミちゃんも、ひとみちゃんも、めぐみちゃんも、マイちゃんも、あやちゃんも、のえちゃんも、みんなすき。アリサちゃんに『みーくはアリサちゃんのナイトになれない。ごめんね』ってゆったほーがいい？」

するとパパは、大人の余裕で微笑みながら、みーくんにアドバイスしてくれました。

「ナイトは一番大好きなレディーを自分が選ぶんだ。レディーに選ばれてなるものじゃない。だからこそ、命がけで愛せるのさ。アリサちゃんは、そこを少し勘違いしているみたいだね。誰と仲良くするかは、光彦が決めることだ。嫌なら断ればいい。無理してアリサちゃんの我儘に付き合うことはないよ」

仲間はずれはいけません。みんなで仲よくしましょうね。

幼稚園でそう教わっているみーくんには、『嫌なら仲よくしなくていい』というパパの言葉は意外でした。けれどそれが、一番いいような気がします。

やっぱりパパはすごい！　相談してよかった！

翌日、みーくんはパパの教えに従って、幼稚園でアリサちゃんに言ったんです。

「ごめんね、アリサちゃん。みーく、アリサちゃんのナイトになれない。おーじさまは、『なかよくして』っていわれたら、みんなとなかよくするけど、ナイトは、いのちをかけてあいするレディーを、じぶんでえらぶんだって。みーく、だれかひとりをえらべないから、ほかのみんなのおーじさまになるよ」

それを聞いた女の子たちは、「キャーッ!」と大喜び。

ごめんねって言われたアリサちゃんだけが、どんよりと落ち込んでいます。

(……ほかのみんなのおうじさまになるですって!?)

みーくんって、案外《あんがい》ナルシストだったのね……。

(ほかのみんなの――ってことは、もしかして、アリサだけなかまはずれなの!?)

今はクロリスの王子様に夢中のアリサちゃんだけど、みーくんも独り占《じ》めしたくて『ナイトにしてあげる』って言ったのに。まさかこんなしっぺ返しを食らうとは……予想もしていませんでした。

二兎《にと》追う者は一兎《いっと》をも得《え》ず。みーくんはアリサちゃんに背を向けて、これ見よがしに、ほかの女の子たちと仲良くしています。

ここで折れるのは口惜《くや》しいけど、このまま仲間はずれにされるのはイヤ!

「待って、みーくん!」

振り返ったみーくんに、アリサちゃんは腰に手を当て、胸を張って言います。

「みーくんがアリサをえらべないのは、アリサにえらんでほしいからでしょ? だったらアリサ、やっぱりみーくんを、アリサのおうじさまにしてあげる!」

さすがに『王子様になって』と可愛くお願いできないアリサちゃんなので、セリフも態度も高飛車です。

でもみーくんは、ニッコリ笑ってサラリとお返事。

「いいよ。おーじさまなら」

アリサちゃんは喜びましたが、ほかの女の子たちは黙っていません。

「アリサちゃんには、クロリスのおうじさまがいるじゃない！」

「みーくんは、わたしたちのおうじさまでしょ？」

今度もやっぱり、みーくんはニッコリ笑顔で「うん」とお返事。

だって王子様は、『仲よくして』って言われたら、みんなと仲よくするものでしょう？

「みーく、みんなのおーじさまだよ」

仲間はずれはいけません。みんなで仲よくしましょうね。

たんぽぽ組のみどり先生にそう教わったから、みーくんにとって、みんなの王子様になるのは当然のこと。

でも、アリサちゃんやツヨシくんには、その気持ちが通じていません。

（つまり、『みんなオレのもの』ってことかよ⁉）

（みーくんって、案外プレイボーイだったのね……）

実はアリサちゃんが好きなツヨシくんは、そんな不誠実な言葉を聞いて、黙っていられません。

「こんなヤツやめとけ、アリサ。もてあそばれるだけだぞ」

「アンタはだまってなさいよ！　アリサ、みーくんならあそばれてもいい！」

思わず叫んだアリサちゃんに、みーくんが魅惑の笑顔で手を差し伸べて言います。

「じゃあ、アリサちゃんも、いっしょにあそぼ」

（いやん、クール♡）

みーくんを見つめるアリサちゃんの瞳には、ハート型の光がきらめいています。

クロリスの王子様もステキだけど、やっぱりみーくんのほうがよさそう。

だってクロリスの王子様は、アリサちゃんが大人になったら、もうオジサンだし。同い年のみーくんなら、将来みーくんのパパみたいな、ステキな人になっているはずだもの。

アリサちゃんはみーくんの手を握り返して、心の中で呟《つぶや》きました。

（いつかぜったい、アリサだけのおうじさまになってもらうわ！）

なかなか落ちない相手だからこそ、燃えるというものです。

実際のところ――おませなアリサちゃんと、天然系《てんねんけい》のみーくんでは、思考そのものに大きな隔《へだ》たりがあって、前途多難って感じですけど。

◇◆　おたふくかぜ　◆◇

いつも決まった時間に目を覚《さ》ますみーくんが、今日は珍しく朝寝坊しています。

毎晩みーくんと遊んだり、お風呂に入れて寝かしつけたりしてくれるパパが、ふと思い出したように言いました。

「そういえば昨日、なんだか元気がなかったような気がするなぁ。もしかして、具合でも悪いんじゃないか？」

「俺、ちょっと様子を見てきますね」

功一くんが子供部屋を覗《のぞ》いてみると、みーくんはまだベッドの中。一応目は覚めているようですが、だるそうに横たわっています。

「どうしたの、みーくん？」

触れてみると、どうやらお熱があるみたい。

「風邪かなぁ？　今日は幼稚園お休みして、お医者さんに行こうね」

とりあえずそのまま寝かせておいて、功一くんはパパを会社に送り出してから、再び子供部屋へ戻ってきました。

着替えを出してみーくんのところへ持っていくと、ベッドの上に座り込んでいるみーくんが、耳の下を押さえて訴えます。

「こーぃちくぅ～ん、ここ、いたい～」

「えっ⁉」

痛がるところを見てみると、なんとなく腫《は》れているような気が……。

「……もしかして、おたふく風邪？」

似たような病気もあるので、ハッキリとは判りませんが。おたふくかぜは法定伝染病《でんせんびょう》の一つです。念のため、用心したほうがいいでしょう。

功一くんはドキドキしながら、初めてみーくんを車に乗せて、病院へ行きました。

おたふく風邪だと、ほかの子にうつるとマズイので、病院に出入りするのも裏口から。

お医者様に診《み》ていただくと、やっぱり「おたふくだねぇ」と言われてしまいました。先生から治癒《ちゆ》証明書がいただけるまで、幼稚園はお休みしないといけません。

愛らしいみーくんの顔は次第に腫れてきました。すっかりフェイスラインが変わってしまい、もはや別人のよう。

「俺も小さい頃、おたふく風邪にかかったことがあるけど……ここまで派手に腫れなかったよ。この顔をパパが見たら、きっとビックリするだろうね」

「こーいちくぅん、おかお、ぃたい……」

みーくんは功一くんに甘えるように縋《すが》りつき、涙目で訴《うった》えます。

可哀想に。なんとかしてあげたいけど、おたふく風邪に特効薬はありません。

「とりあえず、冷やしてみようか」

功一くんは保冷剤をタオルで巻いて患部《かんぶ》に当て、別のタオルでウサギちゃん巻きにして固定しました。

冷やしてあげると、少しは楽になるみたい。


薬でお熱も下がったので、みーくんは今、ちょっぴり退屈しています。

もっと功一くんに甘えたいのに、晩ご飯を作るのに忙しくて、構ってもらえないの。

だから、ようやくパパが帰って来てくれてホッとしました。

「パパぁ〜」

パパをお出迎えする功一くんのあとを追い、玄関先に現れたみーくんを見て、パパは功一くんの予想以上に驚きました。

「うわっ、どうしたんだ、光彦《みつひこ》!?」

「実はみーくん、おたふく風邪にかかってたんです」

功一くんの言葉を聞いて、パパはますます大パニック！

「おたふく風邪だって!? 僕はまだ、おたふく風邪にかかったことがないんだよ！」

「ええっ!?」

功一くんも大慌て。みーくんを捕まえるや、抱っこして子供部屋に強制連行。

「まさか明彦《あきひこ》さんが、まだおたふくをやってなかったなんて……」

大人になっておたふく風邪にかかってしまうと、かなりひどいと噂に聞きます。潜伏《せんぷく》期間は二週間から三週間。腫れが始まる一週間くらい前から、感染する可能性はあるらしいから、すでに手遅れかもしれませんが。用心するに越したことはありません。

「みーくん、お顔の腫れが引くまでは、絶対パパに近寄っちゃダメだよ」

一人ぼっちで隔離《かくり》されて、みーくんはますます涙目に……。

一方、涙目になっている人がもう一人――。

（まさか光彦が、おたふく風邪にかかっていたなんて……！）

パパは昨夜まで、みーくんとかなり無防備に接触していました。昨日は光彦が僕に向かってくしゃみをしたな。

（……確か一昨日《おととい》、ソフトクリームをかじりっこしたんだけ……。もしかしてもう手遅れか……？）

そう思うと、なんだか奥歯の辺りが痛いような気もしてきます。

（おたふく風邪をうつされていたらどうしよう……。あんな顔を功一くんに見られるのはイヤだけど、高熱が出て、顔が腫れるだけならまだいい。もし睾丸炎《こうがんえん》を併発《へいはつ》してしまったら——男性機能がダメになることもあるって、本当だろうか？）

そういう噂を聞いたことがあるだけで、実例は知らないけれど。

（ダメになるって、どういうふうにダメになるんだ？不能になるとか聞いたような気がしなくもない。もし——が——なって——できなくなったら……どうしよう……）

みーくんのパパの生きる喜びは、おもに労働意欲と、食欲と、睡眠欲と、愛欲で成り立っています。可愛い奥さんがいる今は、最後の『愛欲』が、最も大きなウエイトを占《し》めているんです。もしも——のことを考えると、不安でたまりません。

パパにおたふく風邪をうつさないよう隔離されたみーくんは、一人ぼっちで淋しいし、痛くてご飯が食べられなくて、もうメソメソです。

「みーくん、お粥《かゆ》食べる？　それともプリンやゼリーがいい？」

功一くんが来てくれると、ますますベソベソ。

「プディン……」

お口があんまり開かなくて、しゃべるのも大変です。

「食べさせてあげようか？　はい。あーん」

赤ちゃんのときみたいに構ってくれるのは嬉しいけど。お願い。いなくならないで～！

功一くんがお部屋から出て行く度に、ダーッと涙があふれてきます。ウサギちゃんスタイルのみーくんは、おめめまで真っ赤《か》っか。

（可愛いなぁ……）

笑っちゃうなんて不謹慎《ふきんしん》ですけど。本当に可愛くてたまりません。

笑っちゃう人がもう一人。

みーくんのパパは、リビングのソファーに座って、俯《うつむ》いて、暗～い声で功一くんに訊《き》きました。

「……功一くん。もし僕がおたふく風邪になって、睾丸炎を併発して、不能になったらどうする？」

（はいぃ？）

　功一くん、一瞬耳を疑ってしまいました。

「今……不能って言いました？」

「……言った。いつだったか、『大人になっておたふく風邪にかかると、合併症《がっぺいしょう》で睾丸炎を患《わずら》って、男性機能がダメになる』とか、『不能になる』とか聞いたことが……」

「それって、『不能』じゃなくて『不妊《ふにん》』でしょ？『男は合併症で睾丸炎を併発することが多くて、それが原因で無精子症になって、子供が作れなくなることがある』とは聞きましたけど。夜の生活に支障《ししょう》はないはずですよ？」

「え？　そうなのか？」

　パパは呆《ほう》けたように顔を上げ、功一くんを見つめています。

　功一くんは苦笑しながら付け足しました。

「ちなみに、睾丸炎になるのは『片方だけ』ってケースがほとんどで、不妊症になることも、滅多にないそうですよ」

　それを聞いて、パパは安心しました。

「……よかった。僕はてっきり不能になると思い込んで、感染していたらどうしようかと、不安で、不安で……」

ホッとして笑うパパにつられて、功一くんも、思わず笑っちゃいました。

「よかったですね。悩みが一つ減って。でも……もしあなたが不能になっても、俺はあなたを見捨てたりしませんよ。夫婦の愛はそれだけじゃないし。そっちのほうも、アレがダメになったって、指とか、口とか、ほかに方法はいくらでもあるじゃないですか。それとも……あなたは自分が不能になったら、もう俺を愛してくれないの？」

「そんなことはない！　断じて、そんなことはないぞ！」

みーくんのパパは、思いっきり力説《りきせつ》しながら、功一くんを抱きしめます。

「功一くん。今夜はぜひ僕の部屋で……」

「何言ってるんです。おたふく風邪が治《なお》るまで、夜はみーくんの看病《かんびょう》をしてあげるに決まってるでしょう。一人ぼっちで淋しがって泣いてるし。お部屋に隔離されてると、元気になってくるにつれて、ますます退屈しちゃうもの」

「そんな……」

「じゃあ明彦さん。俺、子供部屋に行きますね」

功一くんはニッコリ笑ってみーくんの部屋へ行ってしまいました。

「僕だって、一人ぼっちで淋しいよ……」

思わず泣きたくなっちゃいますが、パパが泣いても、『いい歳《とし》をして』と呆《あき》れられるのパパは功一くんに甘やかしてもらえるみーくんが、羨《うらや》ましくてたまりません。

「子供はいいよなぁ……」

がオチです。


それから二週間経《た》っても、三週間経っても——一カ月以上経っても、パパはおたふく風邪にかかりませんでした。

「てっきり手遅れかと思ってたけど、発症してから隔離しても、間に合うもんなんだな」

パパの言葉に、功一くんが頷きます。

「ええ。おたふく風邪って、水疱瘡《みずぼうそう》や麻疹《はしか》ほど感染力が強くないし。仮に感染しても、まったく症状が出ない子供もいるくらいですからね」

「え？　そうなのかい？」

「もしかしたら明彦さん、実は子供の頃にかかってたけど、症状が出なかっただけだったりして……」

その可能性もあるかもしれません。

ともあれ、感染しなくてよかったです。めでたし、めでたし。

END.

あとがき

今回は時を遡《さかのぼ》って、みーくんが幼稚園に入園した頃のお話です。

実は昨年編集部宛に、読者さんから『『人気俳優は愛犬家♥』とリンクした話が読みたい」というリクエストがありました。作画が違う作品だし。商業誌でこのネタはムリかな〜と思って、最初は昨年末、冬コミ同人誌用に、功一《こういち》の一人称で短編として書いていたんです。でも、プロット〆切《しめきり》が父の準確定申告を含む相続・納骨《のうこつ》手続きと同時進行で、今年度の町内会の仕事まで回ってきたため、忙しさのあまり気力も体力も燃え尽《つ》きて、今年は同人誌活動をお休みすることにしました。このまま寝かせておくのも勿体《もったい》ないから、ダメもとでプロットを出してみたらOKが出て、三人称に変えて内容を膨《ふく》らませてみたんです。

グルグル回っている明彦の様子が笑えるから、やっぱり書き直して正解でしたね。

（ちなみに響《ひびき》は、あくまでもテレビに出ている芸能人として登場しますので、リクエスト通りの内容ではないかも。由宇《ゆう》もわんこも兄ちゃんたちも出てきません。ごめんなさい）

読者様にもご心配をおかけしましたが、おかげ様で、父のことに関しては、「ようやくひと段落した」という感じで。あとは初盆・分骨・一周忌《き》を乗りきれば落ち着きそうです。でも現在は、『今年最大のイベント』でバタバタしている真っ最中だったりして。

実は……生まれてこの方、ずっと一緒に暮らしていた双生児《ふたご》の姉が、お嫁《よめ》に行くんです。去年の今頃そういう話になりまして。子供を産むなら、ギリギリいけるかどうか怪しい年齢だし。父にいろいろ頼まれていたので、喪中ですが、予定通り今年お嫁にやります。

引越し先は、ここから電車で二時間半の県内です。本人は「あんた一人じゃ淋しいでしょ。心配だから、ちょくちょく帰ってくるよ」なんて言っていますが。「そんなこと心配するくらいなら、私が一人になっても困らないようにしてって」と心底思いました。

姉が嫁に行くと聞いたとき、私が一番に考えたことは、「出て行く前に掃除させなきゃ！」でした。片づけられない女に着の身着のまま出て行かれたら、残された私が大変です。

部屋が分かれているならともかく、生活スタイルの関係で、私たちは「仕事場」と「寝室」を共有しているんです。置いて行く物があるならなおさら、私が困らない場所に固めておいてもらわないと、生活するのに不便《ふべん》だし、掃除しづらいじゃないですか。

危惧《きぐ》した通り、姉は実家を倉庫兼ゴミ置き場にする気満々でした。こんな女に主婦が務《つと》まるのか、私のほうこそ心配です。（遊びに来るのはいいけど、返品されてくるなよ？）

片づけられない女がいなくなるのは構わないけど。引越しのドタバタで予定が狂って、次回作【大好きな旦那さん】の執筆《しっぴつ》もかなりタイトなスケジュールになってしまったので、姉が飼っている小人《こびと》さんまで一緒にいなくなるのはさすがに痛いです。

同人誌で漫画を描いていた頃は、私が階段から落ちて怪我《けが》をしても、小人さんが夜中にこっそりホワイトをかけたり、トーンを貼《は》ったりしてくれたから、無事入稿できました。

町内会のボランティア清掃《せいそう》も、小人さんが代わりに出てくれたし。イベント搬入仕度や同人誌の通販も、お使いも、家事も手伝ってくれました。

飼い主ではない私が使役《しえき》するには袖《そで》の下が必要だし。私の物でも勝手に私物化してしまうし。取説《とりせつ》が読めないから、事前にやり方を注意しておかないといけないんですが。少ない指示で適当にやっといてくれるから、修羅場《しゅらば》中は本当に助かります。

〆切一週間前に町内会の用事はあるし、〆切後すぐに初盆なので困っていたら、姉が私物の整理がてら早めに小人さんを連れて来て、いろいろ手伝ってくれることになりました。

小人さんの助けを借りて、次回作も頑張りますので。これからも応援してください。

桑原　伶依

セシル文庫をお買い上げいただき、ありがとうございます。
この本を読んでのご意見・ご感想・ファンレターをお待ちしております。

☆あて先☆
〒113-0033　東京都文京区本郷3-40-11
コスミック出版　セシル編集部
「桑原怜依先生」「CJ Michalski先生」または「感想」「お問い合わせ」係
→Eメールでも OK!　cecil@cosmicpub.jp

セシル文庫

ご機《き》嫌《げん》斜《なな》めな旦《だん》那《な》さん　— お隣の旦那さん 8 —

【著者】　桑原《くわはら》怜《れ》依《い》
【発行人】　杉原葉子
【発行】　株式会社コスミック出版
〒113-0033　東京都文京区本郷 3-40-11
【お問い合わせ】　- 営業部 -　TEL 03(3814)7498　FAX 03(3814)1445
- 編集部 -　TEL 03(3814)7541　FAX 03(3814)7542
【ホームページ】　http://www.cosmicpub.jp
【振替口座】　00110-8-611382
【印刷／製本】　中央精版印刷株式会社

乱丁・落丁本は、小社へ直接お送り下さい。郵送料小社負担にてお取り替え致します。
定価はカバーに表示してあります。